漫娱 SINCE

MIRROR SIEGE CITY

镜面围城

不再说
著

长江出版社
漫娱文化

目录 CONTENTS

脑洞W作者专辑

《云养汉》　扶他柠檬茶

定价：39.80元

简介：“云养汉”服务公司，为您量身打造“养”在程序中的AI汉子。

《吸猫游戏》　薄暮冰轮

定价：35.00元

简介：与猫有关的幽默幻想小说暖萌故事集，来同轮子太太一起吸猫。

镜面城市

MIRROR CITY

第一章

01

十字路口，林新看着面前的红灯，下意识地停下脚步。

他猛地一怔，眼前川流不息的人群不知何时静止不动。他们每个人的衣着打扮，甚至是身高体型，全都变得一模一样，就像是从一面镜子里投射出来，变成了同一个男子的模样。

下一刻，那些男子同时扭头看向他，并露出一个同样诡异的微笑。

没等林新反应过来，那些犹如镜像一般的男子从四面八方一步一步向他逼近、包围，说不出的骇人惊悚。

时间仿佛就在此刻停顿，他们额头上同时炸开一道裂缝，裂缝迅速布满整张脸庞，继而蔓延至全身。唯一不变的是他们嘴角诡异的微笑。

“永远别去图书馆。”所有人异口同声地说出这一句话。

紧接着一阵脆响，他们就像支离破碎的镜子一样，碎成一地碎片，消失无形。

世界又恢复正常，十字路口相貌各异的人群穿行而过，似乎什么也没有发生过。

林新两眼一黑，昏了过去。

02

林新是在自己的床上醒来的，身下熟悉的触感提醒他，现在正躺在自己租住的公寓里。

林新摇了摇头，心中突然有种说不出的诡异感觉。难道之前发生的一切只是做了一个梦吗？那些长着相同模样的男子，还有他们最后对自己说的那句“别去图书馆”，又意味着什么？

他皱着眉头拿起手机，手机屏幕明灭不定，似乎电池出了问题，信号也显示“无服务”。手上的腕表、墙上的时钟全部定格在8：00，这是他早上出门上班时的时间，只是现在……

心中莫名忐忑，冥冥中有什么极为重要的事情发生了一样，再加上肚子里传来一阵阵饥饿的绞痛，林新匆匆披上一件黑色运动外套，穿上牛仔裤，开门准备下楼。

林新几步穿过走廊来到电梯口，电梯按键的显示屏上一片漆黑，似乎出现了什么故障。林新心中那股焦躁越来越难耐，他转身从楼梯跑下去，一路直奔到公寓大门。

林新迫不及待地推开公寓大门，外面刺眼的光让他瞳孔一缩，而迎面看到的一幕更是让他毛骨悚然。

03

正对面是一个看起来正在跑步的年轻人，只是他的一举一动都显得如此……缓慢。

他先是缓慢地踏出右脚，然后左脚艰难而漫长地落地，整个人的行动看起来像是胶卷电影中的慢镜头，原本只需要几秒就能完成的动作，现在变得怪异而漫长。

不只是他，小区里原本晨跑散步或者遛狗的居民，他们每个人的举动都比往日慢了几个节拍，就像一个个提线木偶，被一只无形的大手操弄着，时间的流速在这一刻显得如此诡异。

林新难以置信地看着眼前的一切，不知是不是他的错觉，头顶的阳光似乎也比以往更加强烈刺眼，他不由得微眯起双眼。

而不远处，一个小女孩迈着缓慢的步子向他迎面跑来。

她粉红的小脸蛋儿上还带着天真的笑容，淡黄色的百褶裙将她衬托得像一个精美的陶瓷娃娃。女孩跟着一只宠物狗而来，这一人一狗的动作同样显得无比缓慢。

女孩一脸笑意地看着眼前的宠物狗，好像完全没有发现自己举动异常。似乎在她的眼中，这个世界的“时间流速”还保持着正常的节奏。

直到她的脚下出现了一块小小的石头。

她就这样保持着奔跑的姿势，像个雕塑一样摔倒下来。

“小心！”林新连忙伸出手想搀扶住那个小女孩。

“不要！”一个声音同时从林新身后传来。

林新没来得及多想，只是在他与那个小女孩肢体接触的一刹那，一种怪异的触感顺着指尖迅速传递到他的神经末梢。

似乎他搀扶的并不是一具有血有肉的躯体，而是一具冰冷的雕塑，光滑而又沉重。

04

猝不及防之下，那个小女孩滑过林新的手掌，直愣愣地摔倒在地上。“啪”，发出一种镜子破碎般的清脆响音。

林新颤着手，看着那个小女孩浑身上下顷刻间炸裂出无数道裂缝，如同一个濒临破碎的陶瓷娃娃。

她原本精美的脸庞直接被磕掉一半，只剩下一半的嘴唇微微上翘，还保持着微笑的模样，而顺着她身体炸裂的位置，充斥着一种深蓝色的凝固物质。

原本人类所拥有的骨骼、血肉、脂肪、脑浆，全都消失不见，她整个人似乎都变成了一个由玻璃打造的玩偶。

接着，那个碎裂的小女孩就像液体一样，在阳光下迅速消融蒸发，消失无形。

“这是怎么回事？”

林新只感觉今天的一幕幕完全刷新了他对世界的认识，他转头看向四周，一股寒意从心底滋生出来，蔓延至骨髓深处。

远处那些举止怪异的人，似乎被这里的变故吸引过来，他们每个人都缓慢而又诡异地扭动着自己的脖颈，转过头来。

每个人的脸上都带着同样诡异的微笑。

05

“跟我走！”一道急促的声音从身后传来，恍惚中，一个人紧紧抓住自己。

林新下意识地跟着那个人一起冲回公寓大楼里，看着她反手关上大门，这才瘫坐在地上，大口喘着粗气。

隔着玻璃门，林新清楚地看着外面那些人缓慢地向他们这栋楼蹒跚走来。

他们簇拥在门前，脸颊紧紧贴在玻璃上。一时间，人头攒动，外面全是密密麻麻的人。拥挤的人脸挂着僵硬的微笑，无声地看着林新。

林新呆呆地看着门外，心中思绪如麻，外面到底发生了什么，为什么这些人会变成这个样子?

他深吸一口气，努力平复着心情，目光转向刚才拉自己的那个“正常人”。

那是一个 20 岁左右的女生，身高 1 米 65 左右，睫毛翘且长，一头长发披在身后，尾端系着一条深蓝色发带。

她穿着一件紧身的黑色短裙，将身材勾勒得凹凸有致，值得注意的是在她裸露着的左边锁骨上，文着一个英文字母“Z”。

林新犹豫了一下，问道：“你是谁？”

那个女生似乎没有听见林新的询问，她目光注视着玻璃门外，身子不知为何微微颤抖，一层细密的汗珠密布在她的额头上。

就在林新忍不住想再次追问的时候，那个女生终于转回头，轻声说：“我们是不是应该先找个地方坐下来慢慢聊？”

06

林新是一个图书馆管理员。

他前 20 年的人生，就像大部分普通人那样平淡无奇，直到毕业进了 A 市公立图书馆，当了一个图书管理员。

如果人生是一个写好的剧本，那么林新已经可以看见自己 20 年后的模样：挺着啤酒肚惬意地站在路边为一包尿不湿跟小贩讨价还价。

直到今天，林新坐在房间里的沙发上，打量着这个楼下遇到的神秘女生。

她自称陶陶，进了房间一言不发，默默站在窗前，让林新看不到她此刻的脸色，似乎在对着窗帘发呆。

林新忍不住喊了声：“喂？”

那个女生身形微微一颤，转过头，如梦方醒地说：“啊，你喊我？”

林新：“……”

“可能她确实在发呆。”林新默默地想，他张了张口，道，“你知道刚才我们在楼下遇到的那些‘人’，他们是怎么回事吗？”

陶陶静静地看着林新，轻声道：“你相信这世上有存在你所不能理解的事物吗？”

“你的意思是？”林新情不自禁地屏住呼吸。他有种莫名的预感，接下来自己要接触的，是一个前所未闻的世界。

陶陶对着林新微微一笑，别过头，然后伸手将窗帘拉开。

现在是上午 8 点多的样子，阳光很好，像金色的水波，透过玻璃温柔地洒在她身上。

林新瞳孔一缩。这个叫陶陶的女生，全身沐浴在阳光下，竟然呈现出一种深蓝色的光泽。林新透过她的衣服，隐约能看到她皮肤下面的肌肉筋膜，看到她身体内部的器官组织、骨骼脉络，甚至是流动的血液。

就像是之前在楼下看到的那个小女孩一样——一个由透明玻璃打造的玩偶。

07

“你到底是什么……”林新看着眼前诡异的一幕，心脏不争气地剧烈跳动着。

不过好在这种异象只是一闪而过，下一刻，陶陶拉上窗帘，又恢复了正常人的模样，仿佛刚才的一切只是幻觉。

她侧着身子看着林新，目光微微闪烁，道：“我们是拥有与镜子相关能力的人，你可以称呼我们为‘镜面人’。”

林新猛吸一口气，有一种置身梦中的不真实感。他毕竟只是一个普通人，一下子接触这些对他冲击实在太大。

陶陶安静地坐在一旁，没有说话，似乎在等林新消化这些信息。

林新扭过头，不敢触及她的目光。他努力平复着心情，过了良久才斟酌着说：“你们，也就是说拥有这种能力的人并不只是你一个吗？那楼下那些人是怎么回事，他们……”

林新忍不住抹了下鼻子，想到刚才在楼下遇到的那个小女孩。那个在他面前像镜子一样碎成一片片的女孩，她的身体内部和刚刚陶陶展现给自己的竟然有种惊人的相似。

陶陶沉默了下，轻声道：“镜面人这些年频繁出现于世界各地，有人说是因为基因突变，还有人说是因为辐射感染，各种说法都有，真假难辨。但随着镜面人出现的，还有一个名为‘Zero’的组织……”

“至于楼下的那些人，其实不止他们，现在整个A市，都将变成，或者说已经变成你所看到的那样。”

“是因为那个叫Zero的组织吗？”林新心中念头急转，沉声道，“说重点。”

“Zero 组织一直在筹谋一个‘镜面计划’，在这个计划笼罩下的一切地域，所有的生命体和非生命体，都会逐渐变成镜面物质……”

“就像你之前看到的那样，那些普通人的身体组织甚至内部器官都已经逐渐镜面化，变成拥有自主意识但移动缓慢的镜体雕塑。”

“他们的感知能力、神经反应速度包括生理代谢将随着时间的推移逐渐减缓，直至无法自主移动，最后死亡。”

陶陶说到这里，目光微微闪烁了下，平静地说：“至于镜面计划的范围，大概是整个 A 市。所有的一切都会变成镜面物质，这个城市会变成一个通体由镜子打造的——镜面城市。”

林新脑中一晕，陶陶说的话在他耳边嗡嗡响。他深深吸了几口气，努力梳理着心中糟乱的念头，之前楼下遇到的那些怪异的人，还有种种反常现象，证明陶陶并不是危言耸听，更何况自己只是一个普通人，又有什么理由值得对方欺骗?

只是按照她的说法，如果这个恐怖的计划继续实施下去，不只是人，所有文明的造物也将全部面临毁灭。自己又能逃多远，逃到哪里去?

林新思绪乱成一团，各种可能遇到的问题一一在脑中闪过。他眼中又浮现出陶陶左边锁骨上那个 Z 字文身，犹豫了下，林新说：“那你呢，你是不是也是‘Zero’的成员？”

陶陶低头不语，似乎也变成了一尊沉默的镜体雕像。

“以前是，现在不是了。”陶陶忽然展颜一笑，又缓缓说道，“我和朋友因为对 Zero 的理念不一，已经不是这个组织的人了。我们虽然是镜面人，但之前也是人类，拥有自己的亲人和朋友，所以我无法接受这个城市变成一个冰冷的、死寂的镜面城市。"

"那么为什么会找到我，我并不能帮到你什么。"林新眼中闪过一丝异样，似乎把握到了什么关键。

陶陶看着林新，一字一句道："因为你是镜面计划的关键。"

09

林新心中猛地一颤，他难以置信地看着陶陶，喃喃道："为什么是我？我只是一个普通人啊！"

林新说到这里，突然停顿下来。

按照陶陶所说，镜面计划已经启动，整个城市的人都已经逐渐镜面化，但是自己现在好像并没有受到影响。

他下意识地举起手，认真打量着自己的手掌，又捏起拳，心中浮想联翩，难道在这具身体里面隐藏着什么不为人知的伟大力量？

可能由于没有吃饭，林新清晰地听到自己的胃发出深沉的饥饿呼声，除此之外，和往日并无两样。

陶陶没有管林新的小举动，接着说："之前在 Zero 组织的时候，我在镜面计划中看到过你的名字，后来我查询了你的个人信息，发现你只是一个普通人，从那以后我就开始留意你。只是我还没有查到什么有用的消息，镜面计划就提前启动了。"

林新深吸一口气，反而平静下来。他看着陶陶，显得欲言又止。

陶陶继续说："我知道你有很多想问的，但我想先问下，镜面计划启动的时间是上午 8：00，在这个时间点前后你遇到过什么奇怪的事情吗？"

林新道：“在此之前，我也有个很重要的事情必须说……嗯，我可以先吃点东西吗？我很饿……”

10

陶陶的眼睛轻快地眨了两下，似笑非笑地说：“你家里有储备的食物和水吗？”

林新点点头，他平时比较宅，所以家里一般囤积着不少干粮，不过看着陶陶的眼神，林新心中莫名泛起一丝不安，几步来到冰箱前。

打开冰箱，里面一片漆黑，房间中的电器似乎都随着镜面计划的启动失去了功能，林新皱着眉头拿出一个面包，上面不知什么时候凝结出一层淡淡的深蓝色物质。

“不是冰，也不是寒气，这是……镜面化了？”

林新拿捏着手中的面包，原本酥软的面包这个时候变得硬邦邦的，就像是一块镜子，表面摸上去有一种光滑的触感。

他又拿起一瓶矿泉水晃荡了几下，不出所料，瓶中的水也变成一种类似水银的黏稠液体。

“镜面计划分为三个阶段，第一阶段就是你目前所看到的，整个城市内的人、电器，包括食物和水出现镜面化；第二阶段据说会引起天象与地质层次的变化，到最后甚至连空气都会镜面化；至于第三阶段……”

陶陶在一旁轻声道：“不知道你有没有见过琥珀？”

林新心中微沉，脸上不动声色，示意陶陶继续说下去。

“所有的一切都会永远凝固在这座镜面城市中，我们将成为巨大琥珀里的一只小小的虫子。”

11

林新哑然失笑，把城市当作琥珀，把人当作虫子，这样的比喻实在是丧心病狂。只是，他看着手上已经镜面化的面包，说不清心中什么滋味，默默地问道：“那一刻，大概在多久之后？”

“24 个小时，不，镜面计划已经开启快 1 个小时，我们只有 23 个小时了。”

“不到一天了吗？”

林新有些恍惚地摸了下鼻子，时间这么急迫，姑且不说镜面计划的后续影响，现在食物和水就成了当务之急。

在一个没有食物和水的环境中，自己又能支撑多久呢？

似乎发现了林新的窘境，陶陶接过林新手上已经开始镜面化的面包。随着她指尖与面包的接触，面包表面好像液体一样晃荡出圈圈涟漪。

她的指尖慢慢镀上一层深蓝色光泽，就像结了一层冰霜。紧接着光泽收敛，陶陶歪着头将面包又递了过来。

林新看着陶陶手上恢复正常的面包，心中惊疑不定，这就是她的能力吗？

12

林新狼吞虎咽地啃下几个面包，又举起矿泉水往喉咙里狠狠灌了几口，这才打了个饱嗝，舒服地躺在沙发上。

对面陶陶一脸沉思道：“你说你在上班路上看到一群衣着外形完全相同的男人，然后他们像镜子一样碎了？”

林新“嗯”了一声，接着说：“然后我就晕倒了，醒来就莫名其妙出现在自己的床上。下楼发现外面的异样，再然后就是遇到你了。”

说完，林新小心地打量着陶陶的脸色，提醒道：“我说我晕倒了。”

陶陶若有所思：“知道了，除此之外还有别的事情吗？”

林新有点泄气道：“没有了。”

陶陶微眯双眼：“你确定你遇到的那些人，或者说那个人，他们什么话，或者举动提示也没有吗？”

“他们不仅提示了，还说了。”林新心中不动声色地想着，面上装作镇静道，“或许他们只是来打个招呼？”

陶陶翻了翻白眼，又问了一些无关紧要的事情，然后皱着眉头在沙发上思索着什么。

林新垂下眼皮，默不作声，这个突然出现的女子，自称镜面人，还有什么镜面计划和组织，他对这些都一无所知，怎么可能将所知道的一切如实相告？

只是十字路口遇到的那个男子，还有他那句“永远也不要去图书馆”到底是在暗示什么？

他口中的图书馆应该就是A市的市公立图书馆，那里也是林新上班的地方，只是为什么不让自己去那里？

想到这里，林新又情不自禁地回想起十字路口的相遇，脸色突然一变，他竟然一点都记不起那个男子的长相。

13

这种感觉相当怪异，就像是明明对一个人有很深的印象，但却无法用语言来形容他的面貌，他的五官，想起来时脑海里只是一片空白。

这种怪异感让林新止不住想作呕，差点要把之前吃下的几个面包再吐出来。

林新一脸疑惑地跟陶陶描述了自己的感受，好奇地问：“陶陶，难道有种镜面能力可以让人无法回忆起对方的相貌吗？”

陶陶咬了下嘴唇，思索片刻开口道：“你之前遇到的那个男子，嗯，就称他为‘无面者’吧。听你的描述应是偏向于镜像投影这方面，至于这种模糊印象的能力我从来没听过。”

“你们所谓的镜面能力到底是什么呢？”

“每个镜面人都拥有自己独特的镜面能力，比如我的能力，是可以将接触过的任何人或者物体转变为镜面材质，当然也可以将镜面化后的物体还原，只是这种还原仅仅针对无生命的物体。”

原来刚才陶陶便是用这种能力将冰箱中已经初步镜面化的食物和水又转化成正常，这样才可以食用。林新暗自思忖。

林新拿出手机：“那个，陶陶，你可以将我的手机恢复正常吗？”

陶陶点点头，伸手接过：“你想通过电话来联系你的朋友吗？”

林新愣了下，说：“我没什么特别需要联系的人。”

陶陶眨眨眼睛，将手机递过去，想了想，又递给林新一个东西：“这个东西我们叫作‘全天位传呼仪’，具有很好的吸附性，你可以贴在手机背部。现在城市里的移动信号应该都断了，就算你拿着手机也联系不了任何人。”

“我和我的朋友约定好一会儿在你的小区碰面，到时候在外面用这个也可以方便联系。”

林新新奇地接过陶陶口中的全天位传呼仪，这是一个雪花状的结晶，摸起来有种镜子的光滑触感，他随手贴在手机背部，又打量着自己的手机。

手机已经恢复正常，屏保还是当年自己毕业的合照，而此时时间刚刚走到9：30。

他之前上班出门的时间是7：50，镜面计划开启的时间是8：00，算上之前下楼耽误的时间，从他昏迷到醒来这中间至少有一个多小时的空白期。

“你再想想，中间是不是还发生了什么？”

林新浮想联翩：“难道我昏迷的这段时间被做了什么手脚，万一有个三长两短……”

陶陶微微皱眉问道：“你现在身上有什么不舒服的地方吗？”

林新认真感受了下，诚恳答道：“我觉得心脏跳动特别快，还有点头晕。”

陶陶沉思了下：“我觉得你是被吓得。”

林新：“哦。”

14

房间里，林新拿着铅笔在笔记本上记录着什么，外面隐隐传来城市断电后引发的爆炸声，似乎预示着一个恐怖的未来，正在徐徐地拉开帷幕。

对于Zero组织还有镜面计划的事情，这个叫陶陶的女生对他隐瞒了很多，很多的说法都是模棱两可，林新索性自己揣摩。

“无面者，变成镜体雕塑的人类，Zero组织，镜面计划……”

林新看着笔记本上几个着重加深的名词，摸了下鼻子，最近发生的事情太过诡异，一觉醒来突然恰逢巨变，一个神秘的镜面人女生告诉自己被卷入了一个诡异的计划中，自己还是一切的关键。

可是他一个普通人有什么力量能够阻止Zero这个神秘组织，还有那所谓的镜面计划呢?

目前来说，自己唯一不寻常的地方就是没有产生镜面化。

以及这个叫陶陶的女生总感觉藏在一团雾中，她那个同是镜面人的朋友，又是一个什么样的人?自己真的可以相信他们吗?

林新想了半天毫无头绪，整个房间空荡荡的，只有窗外隐约传来的爆炸声，仿佛在证明这个城市还有一点异样的生机。

他侧着耳朵听外面依稀传来的爆炸和骚动声，整个城市断电断水，产生的恶劣影响到现在还在进行着。也就是说，他们接下来可能面对的是一个停水停电、完全脱离文明的蛮荒社会。

不过好在林新之前在家里储备了一些食物和水，再加上陶陶的镜面能力，他们的食物暂时没有受到影响，不然林新实在想象不出自己抱着镜子玻璃啃得津津有味的场景。

就在这时，林新眼皮突然一跳，一个奇异的声音突然从身边传来，这种声音如此熟悉，林新隐隐感觉似乎在哪里听见过，可偏偏就是想不起来更多信息。

他顺着声音的来源望去，旁边窗户上，一大块玻璃在他眼前不断变形，像人脸一样呈现出五官棱角。

随着玻璃的不断延伸拉扯，一个人的手掌、肘部、躯干、足部在林新愕然的目光中缓缓成形。

“小心，外面……”那个赤身裸体的人沙哑着说出这句话，然后重重摔倒在地板上。

15

那人一动不动地瘫倒在地板上，看形体像是一个男人。

他浑身上下被一层黏稠的深蓝色物质包裹着，分辨不出五官，那些奇异的物质似乎是从他的身体内部滋生出来，像皮肤一样覆盖在他的体表。

在那层深蓝色物质下面，随处可见一道道恐怖的伤痕，最长的一道伤痕从他的胯部直穿整个胸膛，一直蔓延到头部，就像谁拿着一把凶狠的利器要将他一分为二。

而这样的致命伤在这个人的身上，林新大致一扫便足足有三道。

如果是正常人，经历这样的伤势早已经死过几回了，可见这个人明显不是正常人。

林新本以为自己内心已经足够强大，但是这个人在他面前突然出现，成形的经历也太过诡异恐怖，他下意识地站起身摸索着，想拿根棒球棒或者拿块砖头，总之一切可以让他有安全感的东西。

林新身子突然一滞，止不住微微颤抖。

不是因为害怕，而是因为——声音。

刚才耳边那种奇异的声音随着这个男子的出现，在他耳腔里共振一样回荡扩散，以一种缓慢的频率递增着。

林新莫名心悸。

一只小手轻轻拍在林新的肩膀上，林新回头一看，陶陶不知什么时候出现在他的身后，目光紧紧地看着那个突然出现的“人”。

她一脸凝重地看着那个诡异的人，上前仔细检查一番。

“别怕。”陶陶回过头，轻声安慰了一句，“这就是我的那个朋友，李尧，他好像出了一点意外。嗯？”

陶陶目光紧张地看着林新："林新，你，你怎么了？”

林新摇摇晃晃地想站起来，可耳中那种奇异的声音在脑海中不断回荡、震动，就像无数面镜子在林新耳腔中轰然炸碎，而且在接连不绝地炸碎……

林新勉强抬起头，眼前所看到的一切如水波般翻动，泛起巨大混乱的涟漪。

他只能分辨出陶陶一脸紧张地对着他说什么，嘴巴张了张，什么话也说不出来，身子重重倒在地上。

16

一座三棱镜。

一座壮观到难以用语言形容的三棱镜结构的建筑，在林新面前以肉眼可见的速度拔地而起，层层叠加，如同神话中的通天塔，耸入云霄之中。

在到达一个顶点之后，三棱镜结构的建筑顶端照耀出极尽璀璨的光，将周遭可见的世界渲染成光的海洋。

林新感觉自己仿佛置身梦境中，周围无数人影变换，来回穿梭，分不清人影是男是女，甚至分不清那些是不是人。

他们从那座巨大的三棱镜结构的建筑中鱼贯而出，从他身边川流而过。

就像命运的洪流呼啸而过，林新孤身站在中间，心头不知怎么涌上一股淡淡的哀伤和孤独。

是梦吗？

他努力想控制自己的身体，意识却像游离在身体外面的幽灵，以一种奇异的感观视角看着身边的一切。

他看到，那座巨大三棱镜结构的建筑下面有两个人影一前一后站立着。

前面那个人，如果他还能称之为人的话，那是一个通体漆黑如墨的人形黑影，是一个只那么远远一望，就能把人的心神全部吸进去的漆黑深渊，就像一个人形黑洞，连光线在他身边都被扭曲吞噬。

至于后面那个人影看起来则像一个正常人，只是有种朦胧的虚幻感，他似乎感受到林新的存在，微微回头。

林新猛地一惊，这个人影，他见过，就是之前在十字路口遇到的那个“无面者”。

林新努力睁大眼睛，想记住那个男子的面貌，可任凭他怎么用力，即使已经见过那个男子两次，男子的脸庞仍然像隐藏在雾中一样，分辨不清。

明明有印象，但无法形容，无法记住，就像不存在这个世界，或者说不存在这个时空。

无面者似乎也看到了林新，两人目光遥遥相对，他微微颔首，又轻轻摇头。

林新看着他嘴唇动了下，似乎想对自己说什么，而远处三棱镜结构的建筑猛地缩小，一切光芒随着它迅速消失。

一切又归于无边的黑暗。

17

林新是在沙发上醒来的。

陶陶关切地注视着林新，看到他醒来，脸色明显一松，说道：“林新，你现在好点了吗？”

林新摇了摇头，似乎还没从那个诡异的梦境中醒来，他下意识地问：“我昏过去多久了？”

“21 分钟。”陶陶回答。

林新暗自松了一口气，还好时间不算长，没有误事，他费力地坐起来，目光转向沙发的另一侧：那个叫李尧的男子正侧躺在上面，他身上的肌肉像是有生命般蠕动着，之前那些遍及全身的恐怖伤疤已经变成浅浅淡淡的伤痕，只是还没有醒来。

“陶陶，你朋友没事吧？”林新问道。

陶陶仔细打量着林新，说道：“他没事，倒是你，刚才为什么突然昏倒过去，你知不知道你刚才的状况有多吓人。”顿了下，她轻声说，“我很担心你。”

林新一怔，他从小父母早逝，加上自己不善交际，毕业之后一人租了这个公寓，平日里朋友来往也比较少，听到陶陶这样说，心中倒是突然有了点温暖的感觉。只是……

想到那个奇异的梦，林新缓缓开口：“我刚才做了一个梦，迷迷糊糊中看到了一座三棱镜结构的建筑。”

陶陶眼神中明显闪过一丝慌乱，追问着：“然后呢，你还看到了什么？”

“我还看到了两个人，站在那座三棱镜结构的建筑下面。”

陶陶身子一颤，似乎这个消息对她格外有冲击力，她喃喃道：“怎么可能，怎么可能是两个人，不应该啊！”

林新顿了下，接着说：“也不能说是两个人，其中一个只是漆黑的人形，就像，就像是一个黑洞一样。”

他轻叹一口气，正视陶陶道：“陶陶，都这个时候了你还隐瞒着我什么？那座三棱镜结构的建筑到底是什么，还有为什么下面不能是两个人呢？关于镜面计划，你到底还有多少事情没有跟我说？”

18

陶陶睫毛微微颤动，目光躲闪。

林新也没有追问，他只是静静地看着这个女生，谁也不知道此时他的心里在想什么。

过了很久，陶陶抬起头，轻声道：“你看到的那座三棱镜结构，应该是镜塔。”

“镜塔？那是什么？”

“镜面计划将一个城市都镜面化，需要极为庞大的能量，镜塔就是统率这些庞大能量的中枢。”陶陶尽量语气平稳地说道。

“镜塔在镜面计划启动后，就会隐匿位置，它可能出现在这个城市的任何一个地方，有可能化成任何一个物体的模样，没人知道它的真正位置和真正形体。”

陶陶深吸一口气，继续道：“之前我跟李尧商量，我来找你，他伺机在城市中寻找镜塔的位置，只有找到镜塔，才能终止镜面计划。只是我没想到镜面计划造成的连锁反应如此猛烈，现在外面的变化可能已经非常大了……”

林新默默听完，说道：“那我看到的场景是镜塔启动的样子吗？塔下的那个通体漆黑的人形到底是谁？”

陶陶迟疑了下说："应该是的，至于那个黑影……"

陶突然停顿下来，目光中闪过一丝柔弱："林新，请你无论如何都要相信我，我们绝对不会伤害你，那个黑影的身份，时候到了你自然会知道，但现在，真的还不是时候。"

林新默然，陶陶虽然一直不肯说出那个黑影的身份，但左右也是Zero组织的人，甚至就是启动镜面计划的人。陶陶和李尧如果真是从这个组织中逃离出来的，那么他们与那个人又是什么关系？

还有那个神秘的无面者，为什么会出现在十字路口遇见他，又为什么镜塔启动的时候也在场？

他看着陶陶软弱的模样，说："好，还有一件事，我在镜塔下看到的第二个人，和我今天早上在十字路口看到的那个无面者，是同一个人。"

19

"什么？"陶陶错愕地看着林新。

林新眉头一皱："难道镜面计划开启时，没有第二人存在的吗？"

陶陶肯定地点点头："镜面计划启动时只会有一个人，不可能存在第二个人。"

林新心中突然有种毛骨悚然的感觉，那个神秘的无面者到底是谁？为什么会两次出现？他在镜面计划中又扮演着什么角色？

短时间内，无面者、镜面计划、陶陶和李尧，还有那个疑似启动镜塔的黑影，这些人和事一桩桩、一件件，隐隐交织成一张大网，像一团迷雾笼罩着，让人分不清眼前路，也看不见身在何处。

就在这时，林新突然身子一震，面色诡异地侧着耳朵。

陶陶也发现林新的异样，关切地问道："怎么了，林新？"

林新竖着耳朵，过了良久，艰难道："你有没有发现我们这个房间有点古怪？"

20

林新所租住的这个公寓楼位于闹市之中，在镜面计划启动之后，窗外本来不时传来爆炸声，还有各种杂音。可是现在，一切声音都消失不见。

房间里除了林新刚才说话的声音，寂静得连根针掉在地上都听得清，似乎整个房间变成了一个密闭的空间，就像密室一样。

陶陶显然也发现了这件事情，她脸色沉重地站起来，在房间内来回踱步。

"呃，你干吗？"

一旁的林新讪讪收回手，指着窗户道："我只是想看看外面发生什么情况。"

陶陶摇摇头，手掌轻按房间墙壁。

随着她的举动，整面墙壁就像水面一样，晃荡出圈圈深蓝色涟漪。涟漪不断扩大，逐渐遍及整个房间，就连脚下的地板都泛起涟漪。整个房间变得像水晶构造般逐渐透明。

林新低下头，透过透明的地板，看见了他们现在的位置。

他们出现在了半空之中。

21

整个房间不知什么时候脱离原有的公寓楼，独立在半空中，原来公寓楼的位置只剩下一块平整的光地。

林新可以清楚地看见下方小区郁郁葱葱的绿化带，还有远处鳞次栉比的高楼大厦。那些高楼像是一座座巨大的镜面造物，在阳光下折射着七彩的光芒。

他们原来的房间就像一个透明的方盒子悬浮在半空中，而他们就是位于这个透明方盒中的小小昆虫。

林新心神震撼地看着这一切，喃喃道："这是怎么回事？"

陶陶侧着身子收回手，抬头看向透明的屋顶，示意林新："你抬头看下。"

林新抬起头，只见一个巨大的三棱锥结构把他们这个房间紧紧包裹在其中。

房间上部的四个顶角正好内切这个三棱锥的三个侧面。这个巨大的三棱锥结构上折射着周围的光彩，让林新能够勉强辨别出它的形状。

这是一个泛着红色光芒的三棱锥结构。透过这个结构抬头看去，整个城市的天空，已经变成七彩颜色。

22

原本蔚蓝如洗的天空，不知什么时候变成彩虹的七彩颜色。

十四道绚丽的，甚至堪称壮观的光带，纵横千万里，按照红橙黄绿蓝靛紫，紫靛蓝绿黄橙红的顺序铺满整个天穹。

天穹之下，城市中一栋栋高楼大厦，它们的外表全部变成镜子一样光滑的材质，如同镜子打造的奇异造物。

它们巍然屹立在城市中，就像城市中竖立起千千万万座巨大的三棱镜，阳光透过高楼的镜子表面，折射出红橙黄绿蓝靛紫七种色彩，让整面天空都变成了七彩的颜色。

而林新他们头顶这座三棱锥结构，正对着一道红色的光带，结构通体反射出红色的光芒，看起来与头顶的色带颜色诡异统一。

“这就是镜面计划的影响吗？将一整座城市的建筑变成镜子材质，进而影响到天空，实在是……”林新心神动荡地看着头顶堪称神迹的七彩天空，目光最后定格在这个三棱锥结构上，“还有这个三棱锥，这是什么？”

“棱体。”陶陶沉声道，声音中有着难以掩饰的异样。

“什么是棱体？”

“是镜面计划第一阶段会产生的一种连锁反应，城市中会随机出现一些由镜面构成的透明空间，与外界隔绝，只是……”陶陶轻咬嘴唇，语气中隐隐有一丝颤抖，“为什么这么巧，将我们困在这里面？”

“难道是组织的人发现我们了？”林新脱口而出。

陶陶摇摇头，目光怔怔地看着这个棱体，轻声道：“不知道，但是棱体的存在只会维持 7 个小时，如果我们不在 7 个小时内找到办法出去……”

林新心中一紧：“会怎样？”

陶陶嘴角牵扯出一丝难解的笑，轻声道：“你知道气泡吗？它只能存在很短的一段时间，然后就会在阳光下爆炸。”

“如果不在 7 个小时内寻找到破解的方法，整座棱体就会瓦解，我们瞬间会被拉扯成碎片。”

23

此时，红色光芒从棱体的顶端晃荡开来，将这个三棱锥结构渲染成一片红色，只有底部还是透明的。

三棱锥形的棱体中，一个透明的长方体房间被完美地镶嵌在中间。

林新和陶陶站在房间外面，脚下是三棱锥的底面，它们往外延伸大约几米远，踩上去，坚固而虚幻，仿佛置身梦境一般。

林新看着眼前如梦如幻的景象，又低头看了下手机，现在是10：30，棱体只有7个小时的存在时间，而镜面计划也只剩不到22个小时的完成时间。

时间的指针一刻不停地向前奔走，他就像是一个海上的落水者，被身不由己地卷入一个巨大且深不见底的漩涡之中。

漩涡深处是一面巨大的表盘，上面的时针分针时刻旋转，每旋转一圈，他离最终的沉没又近了一步。

林新摇摇头，把心中乱七八糟的想法甩出去，他定了定神，向远处的光壁走去。

旁边传来陶陶的惊呼：“小心！”

没有想象中的场面发生，林新停在两面光壁交汇的地方，转身又向下一个交汇点走过去。

他走得不急不慢，每一步都像尺子量过的一般精确无比。他就这样一步一步沿着棱体的内沿走了一遍，然后定在那里，眉头紧锁，似乎在思考什么。

陶陶看着一脸沉思的林新，轻轻眨眨睫毛：“林新，你发现了什么吗？”

“我刚才走了一圈，这个棱体底面的三角形，两边分别是 20 步长，底边是 12 步半长。”

陶陶若有所思道：“这能说明什么吗？”

林新耐心解释：“这个棱体的底部是一个等腰三角形，准确地说，是一个黄金三角形。”

“黄金三角形有什么特殊的含义吗？”

“黄金三角形的底与一腰之长之比约为 0.618，这是一个很有意思的数字……”说到这里，林新目光闪烁了下：“这是黄金分割比。”

“黄金分割比？”

林新点点头，继续说：“黄金分割比是指把一条线段分割为两部分，使其中一部分与全长之比等于另一部分与这部分之比，大概是0.618。”

“黄金分割比是自然界中最寻常的。据说世界上最有名的建筑物在构图布局几乎都包含黄金分割比，无论是古埃及的金字塔、古希腊的帕特农神殿……”

“有什么用吗？”陶陶稍显疑惑。

“目前还没有，”林新机智地补充道，“但我想没准能用上。”

24

林新摸了下鼻子说：“我们可以先把这条记下来。”他又转回头看着棱体的三个侧壁，“我可以试试这三个侧壁到底是什么情况吗？”

陶陶点点头。

林新安心地转身回房间中，找到一个棒球棒，握在右手中，又出来，尝试着将棒球棒向一面光壁伸去。

没有想象中坚硬的抵触感，林新屏住呼吸，只感觉手中的棒球棒接触的不是一面实心墙壁，而是由水银构成的沼泽漩涡。

与此同时，以光壁与棒球棒接触的点为圆心，一圈圈水波一样的涟漪晃荡开来，涟漪不断扩散，迅速蔓延到周围两个光壁之上。

一股吸力从棒球棒顶端隐隐传来，就像陷入漩涡中一样，林新手臂上的青筋暴起。他深吸一口气，感受着那段传递过来的吸力，转头看着陶陶，用急切的语气说："快拉住我。"

不用他说，陶陶也发现情况不对，她上前一步拽着林新手臂，试图把他拉回来。

可是光壁上传来的吸力越来越大，林新涨红着脸，看着棒球棒被一点点吸进光壁中，他身不由己地被带到光壁面前。

之前一直犹如死物的光壁，在这一刻就像择人欲噬的怪物，显露出獠牙。

光壁在林新面前不断放大，几缕头发甚至已经被吸进光壁中。还好身后陶陶一直在反向拉着他，没有让他被吸力拉扯进去。

耳边传来陶陶艰难的声音："不行了，再这样下去我们都会被吸进去。"

林新回头望去，陶陶握着他的手从指尖到小手臂，不知什么时候泛着一种深蓝色光泽，看起来像是冰晶打造的雕塑，将他们两个的手紧紧固定在一起。

"我喊'一二三'，然后丢掉这根棒球棒，我们同时使力，摆脱这面光壁！"

陶陶重重点了一下头："还是我喊吧，我声音大。"

林新："……"

"一"

"二"

"放手！"

林新猛地张开手，巨大的惯性让他猛地倒退几步，跌倒在地上，不过还好身后有个柔软的身躯替他垫了一下。

他顾不得理会身后陶陶恼羞成怒的声音，目光怔怔看着刚才那面光壁。在那下面，跌落着一根棒球棒。

只是那根棒球棒只剩下一个光秃秃的尾端，前面的棒身早已消失不见。

25

此时棱体的三面侧壁已经恢复原状，红光洒在上面，看不出就在前一刻，它们蕴含着何等危机。

林新顾不得身上传来的疼痛，翻身起来，小心谨慎地上前拿起那半截棒球棒，断口处平滑如镜，摸上去，有一种冰冷的触感，隐隐还有一丝心悸。

只是，前面的部分去哪里了呢？难道被光壁吞没了？

林新心中思绪百转，转头看向陶陶，却发现陶陶目光怔怔地看着光壁，眼中浮现一种奇异的色彩。

"陶陶，你怎么了？"

"光壁上的光，是变化的。"

"什么？"林新一愣，询问道："什么变化？"

"在刚才大约12秒的时间中，光壁上呈现出明暗间隔的条带状，

一共出现了 2.94×10^{16} 次。”

林新脸色诧异地看了陶陶一眼：“你竟然能在这么短的时间内，分清这么大量级的条带次数变化。”

陶陶习以为常道：“这是我的能力啊。”

林新沉默了下，陶陶之前可没有说出她拥有这么大的心算能力，简直就是人形光脑了。

林新轻吸一口气：“你要不看下这根……”

“等一下。”

陶陶突然打断林新，目光一动不动地盯着光壁，她的瞳孔中似乎有无数个光点浮现、闪烁、明灭，如同夜空中的星辰，璀璨而深邃。

“光壁上的条带数还在变化，还是 2.94×10^{16}，只是……”她迟疑了下，“这种变化似乎是有规律的。”

林新闻言一怔，陶陶接着说：“每隔 48 秒，光壁上都会出现条带明暗变化。”

26

“你玩过密室逃脱吗？”房间中，林新坐在沙发上，对着陶陶说，“密室逃脱游戏中，玩家们被困在一个封闭空间，工作人员会设置很多线索，让玩家根据这些线索寻找最后离开这座密室的方法。”

“我刚才整理了一下现在手头已知的线索，首先是棱体，包裹着我们的房间，悬空出现在高空之上，底部没有任何支托。”林新随手将桌子上的几本书摞在一起，然后在顶端放上一个矿泉水瓶。

陶陶看着林新一手将书本全部抽出，一手握着矿泉水瓶悬在空中：“你的意思是棱体外面有一个力在保证它能悬空而起吗？”

林新摇摇头："不知道，我只是在想原来的公寓楼去了哪里。"

他随手将书本放在一边，继续说："棱体的底部是一个黄金三角形，三面光壁反射天空巨大色带会出现相应颜色，这两点目前没有发现有什么作用；光壁相同时间间隔会出现明暗条带状变化，这一点我们可以等到下一个色光出现时观察下不同色光对应的条带数变化是不是有规律的；除此之外还有一点，棱体的三个光壁触碰时会产生巨大的吸力，如果不慎接触……"

陶陶情不自禁地瞄了一眼放在一边的棒球棒，那个只剩下半截的棒球棒，耳边林新的声音继续说着："如果不慎接触，可以免费做一个截肢手术。"

陶陶轻笑一声："好了，刚才差点死掉，现在还有心情开玩笑。"

林新耸耸肩："我一个普通人突然遇到这种事情，没有精神错乱就已经是神经大条了，还不让我调侃两句。"

陶陶似乎突然看清林新，撇撇嘴："没想到你看起来挺忠厚老实的一个人，竟然也油嘴滑舌。"

林新老脸难得一红，嘴里又嘟囔了几句。

陶陶似乎也没打算在这方面继续跟林新饶舌："现在我们已经被困在棱体中，手上的线索也少得可怜，你不如先说说你之前梦中见到的场景，还有什么没有讲的。"

"你说梦境中的场景真的能对应现实中发生过的场景吗？"

林新侧着身子躺在沙发上，目光游离，回想之前那个奇怪的梦，那座直入云霄的镜塔，还有无面者和那个黑影。

他喃喃道："奇怪的是，那个无面者我明明见过他的脸，却怎么也回想不起来，似乎不存在记忆中。”

“真的想不起来吗？他有没有什么标志性的特征，比如说额有朝天骨，唇下生大痣？”陶陶提醒道。

林新绞尽脑汁地回想着，余光看到陶陶拿起桌子上的矿泉水，正要往口中送，眼皮一跳，道：“别动。”

陶陶下意识地保持着姿势一动不动，手中的矿泉水瓶举在半空中，看起来就像雕塑一样。她飞快地眨了几下睫毛：“林新，你怎么了？”

林新目光死死地盯着陶陶手中的矿泉水瓶，视线所及，瓶中水里不断有细小的气泡密密麻麻冒出来。陶陶顺着林新异样的目光，也将视线投向自己手中的矿泉水瓶。

矿泉水瓶在两人的目光中，不停地冒着细小的气泡。

在这个棱体中，一切不合理的现象都被放大，一切都显得那么诡异。

“陶陶，你觉得这瓶水为什么会冒气泡呢？”林新问。

陶陶想了想，道：“如果只是冒泡的话，水烧开就会冒泡。只是这瓶矿泉水看起来并不像被烧开了一样。要么就是水中混杂了其他的物质，比如钠、钾、煤炭……它们都会与水起反应，产生气泡。”说到这里，她又摇摇头，“这瓶水之前我喝了一半，没有任何不适，所以不可能是水本身掺杂了其他的物质。”

林新猛地站起身：“既然这样，我们就多拿几瓶水来测试一下到底是怎么回事。”

27

林新的房间中倒是有不少矿泉水，只是因为受镜面计划的影响，矿泉水都变成了水银状的黏稠液体模样。不过好在有陶陶的镜面能力，两人的试验得以顺利进行。

他们将所有的矿泉水取出来，一共三大瓶和四小瓶，摆放在房间中各个角落，无一例外，这些瓶装水里面都源源不断地冒出细小的气泡。

排除任何外在物质的干扰，排除摆放地点的影响，无论是在房间中，还是在房间外面的棱体延伸出去的部分，水都会冒出密密麻麻的气泡。

似乎是这个棱体内部有一种奇异的力量，通过水这个介质显现在两人眼前。

陶陶懵懂地眨眨眼睛，看着房间中散乱摆放的矿泉水："好奇怪，之前棱体还没出现的时候，你喝水会有气泡吗？"

林新思忖着："难道我买了假水？"

陶陶翻了个白眼。

林新继续说："不过确实有一种情况会造成我们现在遇到的景象。"

他抬起头，目光炯炯地看着房间，透过房间，看着外面笼罩的棱体："液体在超声波的负压作用下，会在水中产生空化气泡，就像我们现在看到的这样。所以这个房间，或者说这个棱体中，应该回荡着一种超声波，正是受此影响，瓶装水才会产生细小的气泡。"

陶陶眼中一亮："那这个超声波对棱体又有什么作用呢？"

林新转身走出房间，他站在棱体延伸的底面向上抬头看着棱体，目光透过这个三棱锥结构，看向外面天空上那十四条巨大的光带，随着时间的推移，光带也在缓慢推移。

红色光带之后，就是黄色光带，到那时，棱体的颜色也会发生变化吗?

他喃喃道:“天空中十四条色带迟早会发生变化，不知道为什么，我总感觉必须要在光带变化之前找到这种超声波所暗示的东西，要不然我们一定会错失什么。”

28

林新和陶陶又一次仔细地搜索了一遍棱体，没有任何发现。在遍寻不到的情况下，陶陶倒是把林新的房间搜了个底朝天。

除了几双林新都忘记什么时候丢在床底下的臭袜子和几本绝版小黄书，被林新以过人的胆识和手速藏了起来，别的什么收获都没有。

一番忙碌后，两人瘫在棱体延伸的部分，对着头顶七彩颜色的天空，相对无言。

林新在地上瘫成“大”字状，身下是万丈高空，头顶是七彩天空，他静静地看着头顶的天空，目光游离。

“喂，林新，你在想什么?”陶陶问他。

“你发现没有，这种天空的颜色其实很好看。”

林新忍不住换了个舒服的姿势，继续躺着:“我特别喜欢看天空，所以才租了这个位于顶层的公寓，每晚下班回来，心烦的时候就推开窗户，看着外面闪烁的星空，心中那些烦恼是多么渺小。”

陶陶怔了下，忍不住又看了一眼林新，他嘴角含笑地看着天空，似乎上面有什么好看的事物持久地吸引着他。

“林新，其实很抱歉，将你牵扯进来，有很多事情真的身不由己……”

“嘘——”林新将手指竖在唇间，比了个息声的手势，轻声说，“什么也不要说，陪我看看这天空吧，时间很紧，所以我们才应该格外珍惜这点闲暇时间。”

镜面计划的 24 个小时限制也好，棱体的 7 小时破灭计时也好，这些外界的干扰似乎都在此刻被抛之脑后，林新安静地躺在地上，微眯双眼，似乎还能感受到阳光温柔地洒在他身上，有种暖暖的感觉。

陶陶目光怔怔地看着这个男子，他的神情看起来就像一个天真的孩童，嘴中甚至还在哼唱着什么曲子的旋律，听起来像小时候的歌谣，清脆欢快。

陶陶目光微微闪烁，却什么也没说。

她轻轻躺在地上，努力伸展开自己的四肢，就像那个男子一样，卸下所有防备，两人躺在这个奇异的棱体底部中，就像躺在温暖舒适的草地上。

29

一番休息后，林新和陶陶并肩站在棱体延伸的地方。

林新手上拿着一张白纸：“我们看一下现在手上的线索吧。首先是棱体，我们把它看作一个三棱锥的结构，在这个结构中已知有三个因素：光、超声波、空间。”

陶陶稍加思索道：“光壁上的色光不是恒定不变，会不会是受到超声波的影响呢？我记得有声光现象这么一个说法。”

林新沉思了下，摇摇头：“现在只能做一个猜测，线索太少，而且很难把它们全部联系起来。只是就目前来说，我实在很难相信这个棱体会出自组织之手，它里面蕴含的科技层次至少在空间这个领域领先这个时代50年。还有那个镜塔，不能想象那究竟是一种怎样的存在。”

陶陶目光怔怔地看着地板，低头不语。

林新心中轻叹一口气，外界天空的十四条巨大光带随时都可能移动，他心中的那种不安也与时递增，只是这个神秘的棱体到底还有什么地方是他们没有发现的呢?

就在这时，陶陶惊叫道：“林新，有个地方我们一直忽略了。”

“哪里?”

陶陶屏着呼吸，指着脚下的地板：“就在我们脚底。”

30

林新低下头，看着脚下的地板：“这个，我们的脚底有什么不对劲的地方吗?”

“棱体三个侧壁反射着天空十四条光带的颜色，可是底面却能清楚地看到脚下的风景和建筑。”陶陶说。

林新眼前一亮，隐隐抓住了什么关键：“我们看到的棱体一共四个面，三个侧面反射天空的色光，底面却是透明的……”

他激动地在房间中来回踱步：“如果底面不是透明的呢?我们一直以为棱体突然出现，包裹着我们所在的房间，而棱体的底面给我们的错觉就是它没有任何依托，悬在高空中。”

陶陶点点头：“所以我们现在真的是悬浮在万丈高空吗?我觉得我们还是在公寓原来的位置，只是棱体的底部扭曲或者吸收了光线，让我们误以为自己毫无依托地悬在半空中。”

林新眼中异彩纷呈：“如果这样的话，这个棱体的底面很可能就是关键地方，想想看，它本身是一个暗含黄金分割比的黄金三角形，又是一个虚假的假象，如果想在这上面藏点什么东西，那么最有可能的位置，就是它的黄金分割线上啊。”

“一个黄金三角形，沿着它的中线完美切合，意味着如果有什么不一样的，只可能存在这条线上了。”

陶陶也微笑着点点头。

林新转身，顺着棱体往外延伸的部位来到两个光壁交汇的顶角，他小心地蹲下身子，在透明的地板上摸索着什么，过了一会又换了个位置继续探索。

陶陶侧着身子站着，一脸期盼地看着林新：“发现什么了吗？”

林新一声不响地站起来，摸了下鼻子，费解地说：“不可能啊，地板是一定有问题的，可为什么什么也没发现？难道线索是以别的形式存在的吗？”

31

林新仔细打量着脚下的地板，目光顺着棱体的一个顶点一直看到尽头。

由于棱体包含着他们原来的房间，所以棱体底部的黄金分割线有一大部分都在房间地板之下。

棱体外面延伸出去的部分没有任何发现，难道线索是在地板下面的黄金分割线上，可这样隔着一层地板又怎么能发现呢？

林新站在棱体延伸的部位，下意识看了下手机，时间已经走到了12：15，不知道是不是他的错觉，头顶的色光已经缓缓开始移动，那条巨大的红色光带马上就要移位。

林新眼中不免出现一丝焦虑，他总感觉光带肯定和某个因素是联系的。如果在这条光带移动前没有发现联系，等到下一种色光的光带到来，又要花费多少时间才能验证，他们现在还有这个时间吗?

他回到房间，来回踱步，目光似乎想穿透地板，看到棱体底面到底隐藏着什么秘密。

可能是走得太急了，脚下一不留神，踢到一瓶摆在地上的矿泉水，这是之前他们为了测试房间中存在超声波时在房间的四周摆放的。

矿泉水瓶倒在地上，水流了一地，林新怔怔打量着地板上的水迹，隐约能看到自己投影在水中的倒影。

他心中灵光一闪，沉声道："陶陶，你能把房间地板镜面化吗?我是说，将地板变成一面镜子，房间的四面墙壁透明化，让我可以看到外面的天空。"

陶陶点头："我试试看。"

她伸出手，轻轻放在地板上，地板以她手心为圆点，再次晃荡出圈圈涟漪，涟漪迅速扩散到整个房间，地板很快变成镜子一般的材质，而房间的四面墙壁，包括房顶都按照林新的想法再次透明化。

透过这面镜子地板，透过透明的墙壁还有房顶，棱体的三个光壁清晰地反射投影在脚下的镜子地板上。

林新和陶陶紧张地看着镜子地板，在它中央，与棱体底面黄金分割线重合的位置，对应着的棱体倒影不知什么时候出现了一排密密麻麻的怪异符号。

32

镜子地板中，清晰地投影出棱体的三面光壁，一条直线上，规律排列着密密麻麻的点横符号。它们就像夜空上的星象，匀称分布在棱体上，分为 16 个部位。

每个部位由类似于“ • ”“ – ”“ = ”这三种符号随机排列而成，就像是 16 个玄奥的符号。

林新看着这些符号，虽然看不懂它们到底代表着什么意思，但发现其中“ • ”这个符号在微微闪烁，其余排列的符号则没有任何反应。

“16 个符号，还有这些相同的闪烁着的符号，意味着什么？”

林新抬头，通过透明的房间墙壁，看向那个巨大的棱体，如果不是将房间地板镜面化，不可能从遍布红光的光壁上分辨出那 16 个符号。

此时，天空中巨大的光带缓缓移动，笼罩在棱体上的红色光带已经逐渐向旁边偏移，随之而来的是后面那条同样巨大无比的橙色光带。

两条光带交替间，棱体如同被镀上了两种颜色，就像一只上帝之手，以天穹为布，在上面肆意挥笔，欲做一幅惊世画作。

在这幅惊世画作之下，棱体静静悬在半空中，中央包裹着一个长方体的透明房间，仿佛在默默注视着脚下这座城市。

两个人影在长方体的房间中间，对着脚下那块镜子地板久久伫立。

33

林新一动不动地注视着镜子地板上倒映的 16 个符号。随着头顶光带的异动，那个“ • ”形状的符号越来越暗淡，与此同时，形状为“ • • ”的几个符号则开始慢慢闪烁。

这些奇异的符号，似乎对应着不同颜色的光带，或者说，对应着色光。

他看了下手机，时间正好走到 12：30，也就是说天空中的色带 2 个小时会变化一次，对应着的棱体颜色也会产生变化。

“这些符号是玛雅文明所使用的二十进制记数系统。”陶陶轻声说。

林新抬头看向陶陶，心中一动，询问道：“什么是玛雅二十进制？”

“这是玛雅人所使用的记数方法，他们用点加线的组合来代替表示数字，比如说 19 写作 3 根横线上另加 4 个点，我可以将它们在纸上给你表现出来。”

林新看着陶陶在纸上写着，突然问道：“陶陶，我还不知道你现实中的职业是什么。”

“我啊，我还在上大学呢，只是平时对这些稀奇古怪的东西比较感兴趣。”她微笑着回答。

林新摸了下鼻子，索性顺着墙角坐下，仔细端详着地面上的 16 个符号，不知道为什么，林新莫名地觉得它们有些眼熟，就像是身边经常看到的一种事物，但一时之间想不起来在哪里见过。

而一旁陶陶已经写完，喊林新过去。

林新看着纸上那一串数字，情不自禁地念出来：“1、2、1、1、3、2、2、1 、5、3、2、3 、6、1、7、7……这就是棱体倒影上的那 16 个符号吗？”

陶陶点头，犹豫了一下，说道：“按照这样的解读，这 16 个符号一共代表了玛雅数字中的六种数字。”

陶陶看着这 16 个符号对应的数字排序，道："刚才红色光带发生明暗变化时，代表着数字 1 的符号发生闪烁，等到橙光出现的时候，对应着数字 2 的符号产生闪烁，如果这样来说，是不是每种色光对应着一种数字，即符号。"

林新点头："可以这样理解，只是还有一个问题。在这个数列中没有 4 这个数字，也就是说如果色光和光壁倒影上的符号数字真的是对应关系，那么当某一种色光出现时，一定不会发生任何明暗变化。"

陶陶仔细看了下："还有一点，你发现这组数字其实暗含了一个公式吗？"

"什么公式？"

34

陶陶指着那组数字："如果把这组数字分为 4 部分，每部分的 4 个数字相加，依次得出的和为：5、8、13、21，这是斐波那契数列，也叫作黄金分割比数列。"

林新仔细端详了一下这 16 个数字，目光微微闪动："陶陶，我发现你对数字非常敏锐。"

陶陶笑了笑："这也是因为你之前提到棱体底面暗含黄金分割比，要不然我也不会往这方面想。"

"说来也是。"林新回道。

陶陶熟络地翻了个白眼，似乎又想起什么，说："对了，橙色光带下面，棱体三个光壁出现明暗变化的条数是 3.36×10^{16}，出现的时间和频率与上一种色光不一样。"

林新点点头，默默思索着，两种不同色光对应的明暗变化确实是不一样的，只是为什么色光波动的条带数会发生变化呢，这又意味着什么？

而且按照这样的速度下去，七种色光过一遍，时间将会长达14个小时，他们现在真的有这么多的时间可以浪费吗？

林新沉默了一下说：“光壁的明暗变化的条数我们先记一下吧，不过你有没有发现，我们现在发现的几条线索，全部都含有黄金分割比，棱体的底部是黄金三角形，三面侧壁的投影，这16个符号也暗示着黄金分割比。”

“这个棱体中出现的几个因素似乎都与这个黄金分割比扯上关系。”林新顿了顿，继续说，“你觉得棱体表面折射的色光，它会不会在哪里提示黄金分割比这个点呢？”

35

陶陶沉思了下，懵懂地眨眨睫毛，将询问的目光投向林新。

林新摸了下鼻子，斟酌着说：“陶陶，你觉得光的颜色有没有黄金分割比呢？”

陶陶眼前一亮，“你是说？”

林新继续说着：“我们看到的可见光颜色一般是由波长和频率决定，不过光在不同介质中传播，频率不变，波长和光速变化，所以物理学还是用频率决定，但波长来算的话也没错。”

陶陶做沉思状：“那如果以黄金分割比来划分光的频率和波长的区间，会是什么样？”

林新赞许道：“就是这个思路，可见光的频率是400THz到789THz，波长是380nm到750nm，这两个区间横盖了七种色光的频率，不过我突然发现这两个区间如果以黄金分割比来测，有一个有意思的地方。”

“什么？”陶陶问道。

“黄金分割比是0.618，光的频率区间，在黄金分割比上的点是548.598，而波长对应的点是521.34。而这两个点在它们各自的区间中对应的色光是同一种。”

“是绿光。”林新一本正经道。

36

“你的意思是，绿光出现的时候，棱体中会出现不寻常的变化吗？”陶陶问道。

“这只是我的一个猜想，不过我们刚才发现的那16个符号，按照你的解读，正好是1至7的数字，色光如果真的和符号对应，7种色光对应的应该是7种数字，唯独没有4这个数字。”

陶陶脸色一变，如果色光和符号可以联系起来，那么当某种色光出现的时候，它一定不会与任何符号产生反应。

“所以，我们现在就要等到某种不与符号产生反应的色光出现？你觉得那种色光就是绿光吗？”

林新苦笑着点点头，又指着头顶道：‘你看，天空中十四种颜色的光带相隔2个小时才会变化一次，也就是说我们要花费大量时间才能验证出光带颜色和符号的联系。而且就算验证出它们之间的联系，就能破解这个棱体吗？”他一声叹息，“棱体只有7个小时的存在时间啊。”

陶陶显然也发现了这个问题，她勉强挤出笑容：“或许绿光的时候，棱体会出现什么出人意料的变化呢。”

林新轻叹口气，看着棱体表面折射的橙光，心中却是想起那个叫李尧的男子昏迷前说的最后一句“小心外面”，这到底意味着什么？

随着镜面计划的开始，整个城市的建筑都已经变成镜子材质，进而影响到整面天空，接下来还会有什么匪夷所思的变化？它们又会带来什么样的连锁反应？

他静静地看着头顶遍及整面天空的十四条巨大光带，心中突然想到自己在书上看到的一句话。

“所有的事情都会比你预计的时间长。”

37

十四条巨大光带铺满整个天空，随着时间一点一点流逝，颜色似乎愈加纯粹深邃。

林新双臂抱膝，坐在棱体延伸的透明底部上，静静地看着这一幕。

虽然已经不是第一次见到，但林新还是被这种超越自然的伟力深深折服。如果，在这种伟力的背后，不是那个恐怖的镜面计划该有多好。

脚下还是城市的景象，虽然已经推测出这些景象可能是虚假的，但还是给林新一种置身高空的错觉，就像很久以前，他去过的一处景点，那种行走在横跨万丈高空上的透明悬梯的感觉。

不过想到这里，才发觉自己也很久没有出去旅游了，自从上了大学，四年的时间一直在这个城市生活，尤其是毕业之后工作以来，仿佛这个城市已经成了他的全部世界。

林新摇摇头，感觉自己突然有点多愁善感起来。他收拾起心思，又看着棱体，许许多多的线索在脑中转来绕去，就像是一幅错乱的拼图，他得摸索着将它们拼凑成一幅完整的画作。

“还在看天空吗？”

一个声音从身后传来，陶陶伸了个懒腰，打着哈欠从房间中走出来，看着林新呆坐在棱体外延的底面上，关切地说道：“你要不先休息一下吧，绿色的光带还得一会儿才到来，到时候我会喊你的。”

林新似乎想起了什么，问道：“你那位朋友还没有醒过来吗？”

“他的外伤已经全部好了，只是之前可能过度使用能力，现在还需要一段时间才能苏醒过来。”

“过度使用能力……”林新疑惑着问，“你们的能力如果过度使用会出现什么后果？”

陶陶脸上的表情一滞，幽幽道：“会死。”

38

林新怔怔地看着陶陶。

陶陶目光复杂地说：“自身机体不可逆镜面化，无法自由行动，直至死亡。大概，就像你之前在楼下遇到的那些人一样。”

林新勉强笑了下，摸了下鼻子：“对了，我有一个有意思的发现，或许我们不用等到七种色光全部过一遍了。”

“你发现了什么？”

“其实你发现没有，我们之前看到棱体上面 16 个符号，也就是玛雅数字，它们的表现形式，特别像五线谱。”

“你这一说，确实有点像。”陶陶道。

“不过在此之前，你们听过一句话吗？”没等陶陶反应过来，林新自顾自道，“我们的世界可以由音符组成，也可以由数学公式组成。”

“什么意思？”

“这句话是爱因斯坦说的，你可以理解为世界上一切事物都处于普遍联系和重合之中。”

陶陶整理下思绪：“你的意思是，我们看到的玛雅数字符号，在一定程度上，可以理解为音符？”

林新点点头：“你看，你之前写的16个数字，如果我们用数字代替音符，那么也可以理解为这是16个音符，而我们之前也发现，在棱体中有一种超声波。”

陶陶轻吸一口气：“这个三棱锥体中的声和光是联系在一起的吗？”

林新：“我们可以假设它们联系在一起，这样的话，七色之间的差异来自光的频率的差异，也就是电磁波的频率差异。而那16个玛雅数字，用来代替音符，及超声波。音符之间的差异由声波的频率差异所导致的，它们的相同点都是波的频率差异所导致的，不同点不过是一个电磁波，一个声波。”

陶陶没领会林新话里的意思，问道：“可是这样又能证明什么呢？”

林新摆摆手：“你先听我说完，七色从紫到红，频率越来越低，而音符从7到1，频率越来越低，如果按照这样的关系将它们联系起来，那么红光对应着数字1、橙光对应数字2……而这，与我们之前观察出来的对应关系是一样的。”

“你的意思是我们已经可以推出接下来五种色光对应的音符，嗯……符号吗？”

林新微笑着抬起头，目光幽幽地看着棱体的三个光壁，如果按照他现在所想的色光与符号对应，那么下一种色光之后，就是绿光了，而绿光对应的符号 4，是没有的。

“还有 3 个小时，就可以明白色光与符号的对应关系了。”

陶陶：“林新，我发现你的逻辑思维能力真的很强，如果不是你提醒，可能很多东西我都不会留意到。”

林新：“还好吧，很多东西如果不是你在我也不可能发现，就比如光壁上色光明暗的变化，那么庞大量级的变化，我就没办法分辨出来。”

“我的能力导致我拥有这种超越常人的心算能力和洞察能力。但你不一样，林新，你能从这么多细小的点中发现这些线索，并把它们全部联系起来。”陶陶低下头，轻声道，“有时候我真的比较好奇你的过去是什么样子，到底经历了什么才能让你有这种心性。”

林新一愣，他倒一直没感觉自己与别人有什么不一样，至于这种心性，可能来源于很早之前吧。他目光微微闪烁，看着天空，似乎陷入到久远的回忆中。

就在这时，林新突然脸色一变，目光怔怔地看着远处天际。

39

七彩天空的边缘，不知何时出现一个直径数百米的巨大空洞。

空洞中央是一片漆黑，边缘如同螺旋吸力，犹如一个散发着恐怖吸力的黑洞，将那片天空上巨大的光带拉扯得扭曲变形。

“这是什么？”林新惊讶地问。

陶陶看着远处的巨大空洞，犹豫着说：“看起来有点像穿洞云。”

“什么是穿洞云？”

陶陶深吸一口气："穿洞云就是云层中的大洞，你可以把它理解为迷你暴风雪，一般形成于低于冰点的薄薄云层，这是一种比较罕见的极端天象。"

林新心中念头闪烁，问道："你怎么知道？"

"李尧在电视台当过一段时间天气预报员，收集了不少这方面的书，我有时闲着没事也会看看。"

"天气预报员，这个职业比较少见。"

林新目光又转向天空："陶陶，你之前说过镜面计划第二阶段会出现大范围天象与地质层次的改变，我们被困在棱体中3个小时左右，外界已经到这种程度了吗？"

陶陶轻轻"嗯"了一声。

林新深吸一口气，说："如果我们的头顶出现一个穿洞云呢，棱体还能折射天空上那些巨大光带吗？"

陶陶勉强一笑："怎么可能？这种极端天气还是很难出现一次的，怎么会这么凑巧？"

陶陶笑声一窒，林新苦笑着对她摇摇头，手指指向一边。

顺着林新所指的方向望去，另一边天空上，赫然又有一个漆黑的穿云洞正在缓慢而又稳定地成形。

40

两个穿云洞分布在天空两边，仿佛成为彼此的镜面投影，完美对称，又像在一块七彩色布上染上了两块夺目的黑斑，平静中又蕴含着不为人知的心悸。

"我想我应该明白李尧昏迷前说的那句话是什么意思了。"林新看着陶陶苦笑道，“穿云洞就算是极端天气，也不应该是现在这个样子。这完全是穿云洞的加强变异版，随着镜面计划的进展，像这种极端天气应该会越来越多出现吧。”

陶陶勉强扯出了个笑容：“没事，我们现在在棱体中，就算是这种极端天气，对我们也是造不成干扰的。”

林新沉默了下，就算现在不受影响，但是可想而知，随着时间的推移，城市中各种奇诡的变化一定都会出现。

到时候他们就算能够离开棱体，又将面临什么样的极端天气，如果是雷暴、龙卷风这种巨大的天象灾难，他们又能躲到哪里?

更何况，穿洞云如果继续成形下去，会不会影响他们最终破解棱体的秘密?

陶陶轻声道：“不说这些了，林新，要不你先去休息一下吧，你这样我很担心你的身体。”

林新揉了揉头，这些时间发生的太多事确实让他心力交瘁，他“嗯”了一声，转身向房间走去。

进门的时候，他突然转头问：“陶陶，你那个朋友李尧大概什么时候能够醒过来呢？”

陶陶愣了一下：“算算时间，应该也快了。”

林新又扭头看了眼天空两边隐隐对称出现的穿洞云，轻吸一口气道：“那么接下来，你就多观察棱体的色光变化吧，记一下色光的明暗变化。”

他在心中又默默加了一句：“在那些穿洞云没来之前。”

41

林新躺在沙发上，盖上毛毯很快就睡过去了。

可能是太累了，这一次他睡得很沉，只感觉自己躺在一个温暖的大床上，天鹅绒质地的被子散发着一股阳光的温暖气息。

他深陷在被窝中，全身蜷缩在里面，半梦半醒中，好像整个身体顺着一个温暖的通道无止境地往下坠，却没有任何失重感。

林新努力想睁开眼，眼皮上似乎有重物在压着，怎么也睁不开。

耳边遥遥响起人群的喧嚣声，似乎在举行什么聚会，隐隐有人在喊自己的名字。

林新身子猛地一震，睁开眼，看到了，一群年轻人身穿毕业服，站在一个鸟语花香的湖畔，背对着自己站好队列。

一个熟悉的身影踉踉跄跄地跑到那里，站在最角落。

他看到了，自己大学毕业那年的情景。

18 个同班同学，连同那个最后到来的林新，一共 19 个人，依次站好。

一切都是那么熟悉，林新目光怔怔地看着这一幕，自己当年去晚了，站在最左边，所有人穿着毕业服，笑容灿烂，他们嘴唇轻启，嘴型不一，又似乎正在对着镜头喊着“茄子”。

“咔嚓”——

似乎是快门响动的声音，眼前的一幕在此刻定格。每个人脸上的笑容还停留在这一刻，可是他们的脸庞，全都变成了一个相同的面孔。

变成了那个无面者。

林新浑身起鸡皮疙瘩，毛骨悚然地看着那个自己一脸微笑站在 18 个一模一样的无面者中间，懵懂无知，似乎还没有发现身边人的异样。

画面边缘逐渐泛起褶皱，就像一张被时间遗忘的照片，无声而冷漠。

42

林新猛地睁开眼，身上不知什么时候已经汗如雨下。汗水打湿身上的衬衫，黏在皮肤上，很不舒服。

他快速扫过身边，自己还是在房间中，梦中那个恐怖的场景是如此真切，因为它是自己曾经真实经历过的。

心脏还在怦怦跳个不停，刚才的那个梦，梦中的一切就像自己当年毕业时，全班拍毕业照的情景，只是最后，所有同学的脸全部变成那个陌生男子，那个永远也看不清面貌的男子。

林新深吸一口气，颤着手拿起手机，手上的汗水弄湿了手机，几次指纹解锁都解不开。

终于，屏幕一亮，“16：17”。

自己不知不觉已经睡了 3 个小时 22 分钟，现在外面的光带应该已经更替过一次了，马上就到绿色光带了。

距离棱体 7 小时破灭倒计时也只剩 1 个多小时了。

而手机屏保上的那个毕业照还是原来的模样，似乎一切只是一场荒诞的梦。

就在这时，一个陌生的男声在耳边响起。

“你醒了。”

43

林新猛地回头。

那是一个陌生的男子，有一头微黄的卷发，看起来有些杂乱。他正坐在一旁，手上拿着条巧克力往口中送，含糊不清地向自己打着招呼。

“你是……”林新犹豫着开口。

“我是陶陶的朋友李尧，在你睡着的这段时间我醒来了。陶陶已经把棱体中的事情都告诉我了。”

李尧似乎对巧克力很有好感，留恋地咀嚼完最后一口。

林新仔细打量着这个男子，他的身上穿着一件银色外套，熠熠生辉，看起来颇为奇特，之前那些恐怖的伤势完全消失了，只是脸色还略显苍白，看起来不像是真人。

林新看着李尧身上的衣服，目光微微闪烁，他记得李尧进来时浑身没有穿任何衣物，而他的房间里也没有这种材质的衣服。

李尧看到林新的目光，似乎读懂了林新的疑问，解释道：“事情是这样的，我的能力是能够控制自身皮肤角质层构造，你看到的这套衣服只是我控制自己的皮肤表层凝结出来的。”

“控制自身皮肤角质层结构吗？这个能力……”林新心中一动，“你之前的伤没事了吗？”

李尧挠挠脑袋，略带木然道：“没事了，就是消耗有点大，那个，这种牌子的巧克力还有吗？我感觉还能再吃两盒。”

林新看着地上一地拆开的袋子，摇摇头道：“没有了，全在这里了。”

44

“你的外周血管有明显收缩，虹膜的括约肌缩至 89%，去甲肾上腺素的浓度升高，不过在你看到手机后各方面数据迅速恢复正常水平，一方面能感觉到你自身身体素质和心理素质比常人优秀，另一方面，是发生了什么事情吗？”

林新一愣，抬起头，重新打量这个名叫李尧的男子。

他表情木然，左手还在揪弄头上的卷毛，碰上林新的目光，勉强牵扯嘴角做了一个微笑的表情：“不用紧张，你的皮肤电阻又提高不少，我可以观察到常人细微的生理波动，所以只是单纯的关心你。”

说到这里，他嘴上又带着一丝微笑，只是看起来就像套了一张面具，微笑只是他觉得此时此刻应该做出这个表情而已。

林新看着眼前的男子，似乎在他的外表下面不是一个有血有肉的人类，而是一个极度冰冷的机器人，一举一动，言谈表情都只是在模仿正常人的反应。

林新眼皮微微一跳，想了想，还是把之前梦中的场景告诉了这个男子。

李尧默默听完，问道：“可以让我看下你的手机吗？”

林新点了下头，将手机递过去，与李尧的肌肤碰触时，有一种冰冷的触感，似乎这个男子整个人都套着一张皮，没有常人的温暖触感。

李尧将手机把玩了下，说：“陶陶给你她的‘全天位传呼仪’了，我也把我的给你吧。”

他取出一片三角形的结晶顺手贴在林新的手机屏幕上，不顾林新抽搐的嘴角，接着道：“你梦见的毕业合照，就是你手机屏保上的样子，只是除你之外的人都变成了无面者吗？”

林新嘴角继续抽搐着点点头。

“你有没有发现，你这张毕业照，拍得有点问题。”

“什么问题？”

“角度问题。”李尧淡淡地说。

林新一愣，然后笑了笑：“角度，可能是当时摄影师技术有问题吧。我们毕业那年去东湖游玩时随手拍的，也没找专业摄影师。”

说到这里，林新嘴角情不自禁地带上一丝笑意，他还清晰地记得那个时候阳光正好，他们一行 19 人泛舟东湖，在野外野炊，开心地玩了一天，最后在湖边留下这张毕业照。

李尧略微沉默了下，开口道：“你知不知道，东湖已经被填了。”

45

李尧抬起头，眼中看不出任何情绪变化，平静地说道：“东湖在你毕业那年之前已经被填了，那里只剩一个巨大的垃圾场。”

林新脸上瞬间惨白无色，他回想着毕业时的那次野炊，突然感到毛骨悚然。

“怎么可能？我记得当时我们还一起在湖中泛舟，然后摄影师专门挑选了一个角度，站在湖中小船上为我们拍照。”

他的声音越来越小，到最后沉寂下去。难道李尧所说的角度问题就是这个原因吗？可是他明明清楚地记得东湖，是什么时候被填了呢？

“东湖已经被填了，那里只有巨大的垃圾场，摄影师怎么可能站在堆积如山的建筑垃圾上给你们拍下这样一张毕业照。”李尧目光微微闪烁，轻轻地说。

林新脸色阴晴不定地垂下头，过了良久才抬起来，他的目光又恢复平静："或许东湖已经被填了吧，等我离开棱体后去那里看一下就知道了。"

李尧一脸木讷地揪了揪头上的卷毛，不置可否。

林新顿了下说道："我之前也做过一个类似的梦，也梦到那个看不清面貌的无面者。第一次知道镜塔的存在，第二次就是现在，给我的感觉，就好像我能从我的梦境中看到一些事情。而这些事情，是现实中曾经真实发生过的。"

"你的这种情况是从什么时候开始的？"李尧问道。

"第一次是从你来的时候，应该就是那时吧，我还蛮好奇为什么你出现的时候会有那种奇怪的声音。"

"不知道。"李尧说完这句，嘴角木然勾起，表示微笑。

林新看着他僵硬的表情，嘴角抽搐了下，诚恳道："李尧，我觉得你还是面无表情比较顺眼。"

李尧："哦。"

46

林新深吸一口气道："如果我的这些稀奇古怪的梦真的具有预兆性，那么在我第一次梦中看到的镜塔成形，看到的那个只能看到背影的男子，是不是就是一手推动镜面计划开展的人？他到底是谁？"

林新说到这里，不动声色地观察李尧的神情，这个问题他曾经问过陶陶，但没有得到答案。

但他很明显失算了，李尧的脸色还是一如既往的死鱼脸，完全看不出任何情绪波动。

林新抖了抖嘴唇，轻叹一口气，无论是陶陶，还是现在的李尧，都有太多的秘密隐藏着，他又怎能放心跟他们一起面对镜面计划？

“他，是一个很可悲的家伙。”

林新猛地抬起头，看着李尧：“可悲？这是什么意思？”

“一手建立Zero组织，推动镜面计划，一个背负着很多的男人，我们一般称他为——归零者。”说到这里，李尧眯上双眼，似乎不愿意多说。

林新怔怔打量他半天，直到从他口中传来清晰的呼噜声……

睡着了？

林新推了推李尧，毫无反应，他顺手掂起那半截棒球棒，狐疑道：“真的睡着了？”

47

李尧缓缓睁开眼：“我休息下。”

“你要是不愿意说就算了，不过你在外面到底遇到了什么，怎么之前身上会出现那么多伤疤？”林新看着李尧的脸色，小心地补充了一句，“这个总可以说吧。”

李尧眼眸中没有任何波动，说：“遇到了一些很诡异的事情。嗯，当然再诡异也比不过现在所处的这个棱体。”

“市中心已经成为一个完全由镜面构成的世界，公共设施，甚至花草土木，镜面化的程度已经达到非常可怕的程度。我遇到很多已经部分或者完全镜面化的人，他们像赶集一样向我冲来……”

李尧说到这里，似乎思考了一下，才继续说下去：“那些镜面化的人最后甚至和周围的环境融合在一起，半虚半实，而我被困在原地……”

林新认真听着李尧诉说，询问道："你当时大概是几点遇到这种情况的呢？"

李尧微眯双目，似乎是在思索，就在这时，一道慌乱的声音突然在耳边响起。

"外面，外面不好了。"

林新心中骤然一紧，抬头看向声音的方向。

陶陶一脸慌张地站在门口，半侧着身子，口中支支吾吾："你们去看看外面的天空。"

林新快步走到门口，迎面的一幕让他脸色顿时阴沉下来。

棱体的三个光壁上，各种色带混乱杂布。

抬起头，一个直径几千米的巨大穿洞云，离他们的头顶赫然只有咫尺之距！

48

巨大的穿洞云，或者说称它为"黑洞"更贴切一些。

它就像黑洞一样疯狂吸卷着天空中那十四条巨大的光带，如同漩涡一样将其拉扯进中央区域，而各种光带在那里汇聚成一片极致浓重的黑色，仿佛漆黑的海水在中心暗流翻滚着，不知道通往哪里，幽暗阴森，触目惊心。

"黑洞"笼罩着一半的天空，整面天空划分成一个巨大的同心圆，外侧是漆黑的黑洞，中央是各种混乱的色带色光。

而林新他们所处的棱体，就在这种天空异象之下。

预料中最麻烦的事情还是出现了。

棱体无法再折射天空中的光，那么怎么才能找到声光之间的联系，从而破开这个困境呢?

林新看着头顶那巨大的黑洞，脸上阴晴不定。

“你是担心这个穿洞云影响你们观察色带与光壁的联系吗？”李尧打了个哈欠，慢吞吞地走出来，看着眼前的一幕，似乎一点也不吃惊。

林新转头，看向李尧：“你有什么想法吗？”

李尧目光平静道：“你有没有想过这个棱体的存在意义呢？”

49

“棱体的存在意义？”

“棱体是镜面计划进行中的一种附属现象，但是我们在这个棱体中看到了太多人为的因素，不同色光的明暗变化，隐藏的超声波，16个玛雅符号，无处不在的黄金分割比……太多的人为因素，让我感觉就像有人在暗示我们什么。”李尧说到这里，目光突然闪过一丝玩味，“你觉得这像不像一个闯关游戏，boss 给我们设置了一个谜题，同时布置了很多线索，让我们一步步去解开谜题。”

林新心中泛起一丝寒意，但不得不承认李尧说的确实有一点道理:“可这样有什么意义吗？难道只是为了将我们困在这里吗？”

李尧呆呆地揪了揪头上的卷毛：“若设计无理由，则构造无意义，姑且就想象成 boss 只是为了将我们困在这里，他可以在这里埋下一个关键线索，这个线索一定会是指向下一步的目的。”

林新认真想了下，说：“如果只是为了告诉我们线索，那为什么不直接告诉我们呢？既然他可以借助棱体……”说到这里他突然停了下来，心中一冷，假设李尧的推测成立，存在这样一个幕后黑手可以利用棱体，那么最有可能的人便是组织。

那个完全由镜面人组成，一手推动镜面计划的——Zero 组织。

50

林新深深吸了一口气，如果这样想，那么组织的人早在一开始就发现他们了，又为什么要这样设计将他们困在这里？

林新突然想到那个陶陶和李尧口中都讳莫如深的存在，那个在镜塔下的黑影，Zero 的创始人——归零者，这一切的一切，是他在幕后操手吗？

李尧耸耸肩："或许是他们有什么恶趣味吧，我只是从可能性上去推测。既然那个人，或者说那些人已经给出了这么多提示，他不会忽略到天象的变化，这说明，要么天空中的光带与光壁是没有任何联系，我们看到的只是虚假的线索，要么……"李尧嘴角微微弯起，"即使天空中的色带受到影响，依然不影响我们最终发现离开棱体的方法，甚至说，这个线索早已经告诉了我们，只是我们还没有发现。"

林新看了眼棱体，他不得不承认李尧说的确实有那么一点道理，此时棱体表面各种色光散乱交织，只能看到朦胧一片，可是破局的点到底在哪里，棱体中还有什么是他们没有发现的呢？

51

林新坐在房间里打量着手中的手机。屏幕反射的光让那张毕业照上的 19 个人影看起来格外清晰。

这短短时间内，他一共做了两次梦，一次梦到镜塔的成形，或者说镜面计划的开启；一次梦到大学毕业时的情景。

还有那个无面者，这些到底意味着什么？

林新费解地揉了揉鼻子，转头看向一旁：陶陶躺在沙发上似乎已睡去，这个女生这段时间一直在忙前忙后，确实太累了；李尧正坐在沙发上，一边揪着头上的卷毛，一边专心致志地看书。等下?

林新一脸黑线地上前夺去李尧手中的书，有点脸红道："你这人怎么随便翻看别人的隐私？"

李尧还是面无表情，看不出任何心虚："我只是以欣赏的眼光去鉴定一本有趣的成人读物，你有这个时间不如好好研究下棱体，这样我们也可以快点离开。"

林新一时气急道："李尧，我觉得你也可以试着观察下，没准……"

没等林新说完，李尧便开口说道："我观察细节的能力不如陶陶，分析总结能力不如你，唯一擅长的就是推测，推测那个幕后黑手的目的。"

"所以你推测的结果就是坐在这里揪头发，时间到了我们就能出去吗？"

李尧理所应当地点点头："没准呢。"

林新："……"

林新目光微微闪烁，他若有所思地抬头，视线却被房顶所挡。

本来房间在陶陶的能力下变成透明，但这种改变并不是永久的，现在房间已经恢复原状。

他目光炯炯地看着白色的房顶，似乎要透过墙壁看到那个神秘的棱体全貌：三个光壁彼此在顶端交汇，构成一个三棱锥结构，它们折射着天空上混乱的色光，泛着同样的光芒，光壁上 16 个奇异符号暗藏其中。

再加上棱体中存在的那种听不到的超声波，这一切看似荒诞，却又彼此紧紧相连。

就像一座奇妙的监狱，将他们牢牢困在这里。

耳边传来李尧平静的声音：“棱体内给的线索已经足够多了，你可以尝试把它们结合起来，或许会有不一样的发现。”

时间的指针已经走到17:00，距离棱体最终解体只剩最后30分钟。

一条条线索在林新心中快速闪过，一个个可能和猜测在他心中交汇闪烁，就像一个拼图游戏，那最后一块图终于要拼上了。

52

林新转回头，对房间中的两人轻声道：“我想我已经明白棱体的秘密了。”

陶陶闻言侧过身子，看着林新道：“林新，你发现了什么？”

一旁的李尧仍然自顾自地揪着头上的卷毛，似乎无动于衷的样子。

“这个棱体中，所有一切都是紧密联系在一起的。光、声、空间构成了这个棱体，而这三个因素都有一个最重要的特征：声的呈现形式以空间上的16个符号为载体，光的表现形式以棱体表面变换的色光表现出来，它们都暗示了黄金分割比，并且在某种程度上紧密相连……”

“在光的黄金分割比中，我们得出绿光这个关键色光，而棱体16个符号对应着声，也对应七种不同色光，暗示了声和光是可以互相联系的。”

林新目光看向头顶的棱体，似乎穿过棱体，能看到一个诡异莫测的地方。

“你们知道什么是杨氏双缝实验吗？把一支蜡烛放在一张开了一

个小孔的纸前面，这样就形成了一个点光源，在纸后面再放一张纸，不同的是第二张纸上开了两道平行的狭缝，从小孔中射出的光穿过两道狭缝投到屏幕上，就会形成一系列明暗交替的条纹。而陶陶之前看到的，每种色光发生变化时，也是明暗变化条带状的。”林新目光微微闪烁，“正常情况下的杨氏双缝实验是建立在平面上的，光源也是在三维空间中的，如果光源是从四维空间中打出来，会是什么样呢？”

一旁的李尧缓缓道：“四维空间中的光源会构成三维空间中的立体结构，也就是我们所处的这个棱体。”

房间中一时陷入诡异的沉默中，沉默中有种毛骨悚然的感觉。棱体的背后隐隐牵扯到更高一层次的时空，那么那个一手推动镜面计划开展的黑影，那个归零者又是什么样的存在？难道真的是更高维度的生物？

这样一位存在者设下的镜面计划，真的是他们个人的力量可以阻挡的吗？

林新深吸一口气：“如果棱体真的是四维空间的投影造物，我们归根到底都是三维空间维度的生物，四维空间我们只能推测，根本无法了解和认知，甚至连它到底存在不存在都无法确定，那么镜面计划背后的推手可能是我们都无法想象的。”

“而且假设组织真的能利用四维空间，那么他们干脆直接凭一己之力去改造整个世界，又何必这么大费周章推行镜面计划，又何必创造出棱体将我们困在这里呢？”林新缓缓继续说，“如果这一切假设都成立，我们到底能不能离开棱体，能不能离开镜面城市，都难说了。”

棱体中一时寂静无声，三个人各怀心事，一时默默无言。

陶陶抬头：“林新，你刚才说的意思是你还有办法离开棱体吗？”

林新回道：“如果之前的推测都成立，那么就算棱体是四维空间的投影，它在三维空间，也就是我们这个时空中也会受到物理规则的约束，具像化看也就是杨式双缝实验。”

“杨氏双缝实验中构成平面成像的关键在于光源，而在四维空间中投影的光源，对应的就是棱体上16个玛雅符号。”林新深吸一口气，总结道，“我们如果将色光以16个符号对应的排列顺序投射在他们上面，会出现什么效果呢？”

陶陶轻咬嘴唇道：“可是我们现在从哪里寻找七种不同的色光来投射到棱体上呢？”

林新道：“之前没有办法，但现在有了。”

“什么办法？”陶陶和李尧异口同声地说。

李尧愣了下，又低下头自顾自地揪着头上的卷毛。

林新看了一眼李尧，又看了一眼陶陶，沉声道：“如果把你们的能力结合起来呢？”

陶陶有些惊讶：“你的意思是用我们的能力制造色光吗？”

林新重重点头：“首先光本身就有七种颜色，红橙黄绿蓝靛紫，比如三棱镜试验中就可以看出来，而不同物质对于不同波长的光有不同的反射率和透过率，那么，李尧你的能力是控制自身皮肤折射率，可以控制自身皮肤的折射率趋同于不同色光的折射率。”

林新又看向陶陶：“而陶陶你的能力是将任何接触到的物体转换为镜子材质，那么如果你将李尧身体表面的皮肤暂时镜面化，这样我们打出一束光，就可以借助李尧反射出想要的颜色。”

林新说着说着，心中却突然一跳，一种说不出来的怪异感觉涌上心头，他隐隐感到这一切都是这么完美，完美得有些诡异。

如果不是头上穿洞云影响色光的反射让林新把目光放在之前已有的线索上，如果不是李尧和陶陶两个人的能力有这种完美的契合，甚至就是棱体 7 个小时的塌缩时间也完美得恰到好处。

这一切如此凑巧和契合，顺理成章，就像是有一个幕后阴影，在林新看不见的地方，默默地注视着林新，规划着他们的一举一动。

他摇了摇头，将脑海中诡异的想法甩出去，看着眼前神色各异的陶陶和李尧，沉声道：“只有你们两个的能力结合，才能破解出这个棱体的秘密。”

54

“蓝光对应一，明暗变化的条带数为 3.06×10^{16}。”

“靛光对应∸，明暗变化的条带数为 4.2×10^{16}。”

“紫光对应∹，明暗变化的条带数为 2.7×10^{16}。”

……

房间在陶陶的镜面能力下又重新变成透明模样，地板镜子化，倒映出棱体光壁上的 16 个奇异符号。

李尧赤裸着上半身，站在房间中央，他裸露着的躯体变成镜子一样的材质，光线透过他的上半身，照射在一面光壁上，不断变换着色光。

陶陶一边全神贯注地观察着光壁上色光的变化，一边开口喃喃自语着。

林新记录最后一种色光对应的符号变化后，抬起头道：“好了，我们现在已经记录下剩下3种色光对应的符号变化，你们过来看看。”

陶陶一听，连忙跑过来。林新咬着笔杆，对手中的笔记本指指点点道：“跟我之前猜测的差不多，色光和16种符号的对应关系。”

“那我们现在就可以将16种色光投射在棱体的16个符号上，尝试是否可以打开这座棱体了？”陶陶有些兴奋。

林新点点头：“理论是这样的，但是还有一点我还没想明白。”

“哪里？”

林新摸了下鼻子，指着笔记本上另外一串数字：“每种色光对应符号发生变化的时候，光壁的表面还会产生明暗条带状的变化，这种变化意味着什么，我还没想到。”

陶陶：“或许条带明暗状的变化只是提示我们声和光的联系呢？”

林新思索了下，也没有任何头绪，他摸了下鼻子，不甘道：“接下来，只能先尝试一下看能不能破解棱体了。”

55

棱体中，李尧脱掉刚刚穿上的衣服，还没揪两下卷毛，又被林新催着站回房间中央，他的上半身看上去像是镀上一种类似于淡银色彩的金属物质。

林新在一旁嘱咐李尧：“我们是通过镜子地板确定棱体上16个符号对应的位置，但与真实位置还会有些微差距，所以具体操作起来要靠你自己拿捏。”顿了顿，又说，“嗯，一会我们出去后你想揪卷毛多长时间就让你揪多长时间。”

李尧点点头，面色木然地抬起头，透过透明的房顶望去，棱体表面还是昏暗无光，头顶那巨大的穿洞云颜色似乎又深邃了几分，里面隐隐蕴含着一种恐怖的力量。

万事俱备，陶陶轻轻搭上李尧的左手，随着她镜面能力的展开，李尧的上半身渐渐镀上一层深蓝色的光泽。

林新攥着拳头，手心不知何时密密麻麻全是汗水，时间仿佛过去了很久，又仿佛只过去了一瞬，一道道色彩各异的光束从李尧上半身激射而出。

16 道不同颜色的色光先是触碰到房间的四面墙壁，此时房间墙壁已经在镜面能力下转化成透明的玻璃，色光毫不停留地直透而过，接着触碰到棱体上。

一共 16 个符号，被对应着的 16 种色彩各异的光束对着，在林新炙切的目光中，棱体表面似乎……

什么变化也没有。

失败了。

林新的目光渐渐黯淡下去。他们已经做了这么多准备，还是没有成功，是有什么地方没有考虑清楚，还是哪里出了问题?

“我想刚才还有一个线索被我们忽略了。”一个声音突然响起。

林新回头看去，听陶陶说道：“每种色光出现时，它们本身明暗变化，或者说单位时间内明暗变化，也就是频率，我们并没有考虑进去。所以色光与符号，或者说色光与音符的对应方式并不是这样的，每种色光出现的明暗变化是不一样的。”

林新眼前一亮：“如果是频率，我们之前观察到每种色光在 5 秒内明暗变化，次数应该除以 5，得出的区间，才是真正的色光与符号对应关系。比如红光出现的明暗条带状变化，5 秒内是 2.94×10^{16}，除以 5 就是 4.9×10^{14}，这是橙光的频率区间。”

陶陶眼中一亮，两人目光炯炯，同时看向一旁默默揪着卷毛的李尧。

李尧：“……”

56

16 道不同色光从李尧赤裸着的上半身再次照射出去，按照一种奇异的组合顺序投射在棱体表面。

接触的一瞬间，原本平滑如镜的表面瞬间晃动出圈圈水波一样的涟漪。

涟漪晃动的频率越来越大，在到达某一个极限的时候又变成明暗交替的光带闪烁，无数种色光组合在棱体表面顷刻间闪过，到最后变成漆黑一片。

一个亮点轻轻地在棱体表面绽放，原本只能借助镜子地板投影才能看到的那 16 个符号一一闪烁着，浮现在棱体表面。

棱体表面晃动的幅度越来越大，一道蜿蜒曲折的光线迅速蔓延贯穿这 16 个符号，16 个符号就像是走马灯一样依次闪过，在第 14 个符号的时候定格，这是形状为“ · ”的符号。

这一幕深深映射进棱体下面三个人的瞳孔中。

与此同时，棱体内部突然响起一声轻微的、类似气泡炸裂的响声，棱体的一边侧壁，突然炸裂出一块碎片，接着裂缝迅速蔓延至整座棱体。

“砰！”

这座神秘的棱体在瞬间分崩离析，碎裂成无数的黑色碎片，那道神秘的光线还有 16 个符号组成的光线图就此湮灭在裂缝中。

漫天黑色碎片纷纷落下，有不少洒在林新他们的身上，接触时仿佛只是虚幻泡影，这个困住林新他们接近 7 个小时的神秘棱体，解体时又消失得这么彻底。

脚下也传来剧烈的震动，幅度越来越大，林新抬起头，借着昏暗的光线，赫然发现自己真实的处境：还是在他原来的公寓楼上，只是房间的四面墙壁不知何时变得残破不堪，透过断裂的墙体可看到，这座林新已经居住两年的公寓楼，另外一半已齐齐断裂。

他对面居住的那排单元楼已经全部消失不见，顺着断裂的楼体往下看去，整座公寓楼像是被什么天灾硬生生地割裂一半一样。

“林新，快走！”陶陶急促的声音从身后传来，她一手拉着林新，顺着断裂的过道一路狂奔，顺着残破不堪的楼体冲到楼下，打开公寓楼的大门，来到小区中。

他们这才有余力转头，身后那栋公寓楼只剩下一半的楼体，已经完全被那个不断扩张的穿洞云笼罩，断裂的墙体，四散的砖石，就像是被一股无形的吸力吸住，缓缓浮空而起，没入穿洞云之中。

而远处那些镜面化的大楼如同一座座沉默的雕塑，在昏暗的天穹下漠然而立。

57

林新摇摇晃晃地站在地面上，他目光死死地看着眼前断裂的公寓楼，看着这犹如末世一般的景象，脑海中急速思索着。

他们还是成功地在第 7 个小时解开了棱体，而棱体最后解体时 16 个符号之间串联的光线图到底意味着什么？还有那第 14 个符号“ • ”又代表着什么？还有最后看到的公寓楼，为什么会断裂了一半？

陶陶紧紧抓着林新的手，大声地在他耳边喊道:“林新，快点走啊。”

林新这才如梦方醒，他看了看身边侧站着的女子，嘴角抖了抖，什么都没说，只知道紧紧握着身边女子的手，又轻轻松开。

头顶是横跨大半片天空的巨型穿洞云，疯狂地吸卷一切可以吸卷的物体；脚底是一片深蓝色的、如同镜面材质一样光滑的地面，稍有不慎就会滑倒。

还有身旁各种已经镜面化的建筑物、景观乃至花草树木，一切的一切，让林新恍惚间感觉自己处在一个不真实的世界中。

“极端化天气已经超出我的估计了，我们必须找到一个掩体，要不然绝对走不了多远。”李尧的声音从旁边传过来，他一头微卷的黄发在风中乱舞，目光遥遥看着远方。

被穿洞云笼罩的巨大天空下，那些镜面化的建筑在莫名战栗，它们的表面像镜子一样炸开道道裂缝，看起来随时都可能破碎，一片末日的景象。

“啪——”

一块巨大的墙体从高空脱落，狠狠地插在地表，深深陷了进去。就像开了一个头，那些巨大的镜面墙体下雨一般倾泻而下，铺天盖地地砸在地上。

撞击声、碎裂声接连不断，让人头皮发麻。

李尧转头看了一眼陶陶，目光犹豫了一下：“陶陶，你还可以发动你的镜面能力多久，在超负荷的情况下？”

陶陶嘴唇抖动了下，轻轻点头。

李尧沉默了下说：“还是按之前的来吧。”

林新看着这两个人在自己面前打着哑语一般，正想出声，下一刻，李尧浑身上下的肌肤突然变成一种类似钻石一样的介质，坚固，泛着亮光。

他整个人仿佛变成了一个钻石雕刻成的人体，身后的影子在自身发出的亮光下被拖延出好长一段距离。

陶陶紧咬嘴唇，左手屈五指轮，弯下身子，轻轻按在地面，从指尖到手臂的肌肤，迅速变成那种极致深蓝的色泽。

她把李尧的影子抓在手中。

58

影子本来是无形无质，可在这时却被陶陶抓在手中，在她手中不断膨胀，最后延伸出一个高达六七米的巨人，通体如黑钻一般坚固。

这个重新出现的影子巨人看起来和李尧的形体一模一样，只是他们现在一个通体散发着璨璨白光，一个通体漆黑如墨。

陶陶脸色苍白，一手拉着影子巨人，一手攥着林新的手。影子巨人伸展开躯体，像是没有骨头一般将他们三个人包裹在里面，缓缓移动。

天空中疯狂下坠的镜面化墙体砸在影子巨人上面，电光火石间擦出尖锐刺耳的声音。

林新感觉陶陶身上的肌肤慢慢变得如镜面般冰冷，冰冷的仿佛不是人的触感。

“陶陶，我们这样一味躲避，不可能逃过头顶的穿洞云，必须要找一个遮掩的地方躲起来。”林新大声喊道。他看看周围一切可以隐藏的地方，却愕然发现身边的景象，在此刻看起来如此诡异。

触目所及，只是一个空空荡荡没有任何生命的冰冷城市。

“之前那些镜面化的人呢？”林新心中的寒意越来越深，难道那些游离在地表的镜面化的人已经全部被穿洞云吸入其中，还是……

“地表不能待了，我记得前面几百米的地方有一个地铁站，我们现在就去那里。”陶陶艰难地说着，她的脸上已开始被镜面物质侵蚀，几道深蓝色结晶已经从她的脖颈处蔓延开来。

林新内心震颤地看着陶陶身上的异变，他突然想起棱体中那个目光复杂的女生的话：“过度使用自身镜面能力，会导致自身机体不可逆镜面化，无法自由行动，直至死亡。”

59

巨大的影子巨人拉扯着身躯，像盾牌一样阻挡着来自天上的坠物，巨人身下，林新三人一点点向地铁站的方向艰难地移动。

随着镜面计划的进行，A 市镜面化程度越来越高。地表宛如一面巨大无艮的镜子，走在上面毫不受力，随时有可能跌倒，以前几百米的距离在此刻显得如此漫长。

随着时间的推移，林新只感觉陶陶的手臂越来越坚硬，就像是冰冷的雕塑。

“不行，你身体不可逆镜面化的趋势越来越快，把手给我。”李尧一转身一手拉着林新，一手拉着陶陶，猛地冲出影子巨人的保护。

林新这才发现李尧的力量大得惊人，他脚尖重重一踏，镜面化的底面以脚尖落地处为中心如同蛛网般炸开无数裂纹，一步就四五米的距离。林新几乎是被李尧拖进地铁入站口的，还没来得及喘口气，又一口气被拖着沿着镜面化的台阶，一路直到最后一个台阶。

“暂时安全了……”

林新心中轻轻放下，又想起什么，连忙转头看向陶陶，只见她的左手臂还是一片深蓝色泽，犹如玻璃水晶打造一般。

“陶陶，你的手臂……”

“她过度使用镜面能力，现在左手小臂以下已经开始不可逆镜面化了。”李尧沉默了下，缓缓说道。

林新张了张口，想说什么，又什么也没说出来。

陶陶勉强笑了下，劝慰道：“没事的，等我们离开这里，总会找到办法解决的。”

林新低下头，张了张口却不知道说什么，转身上前想拍拍陶陶肩膀，陶陶低着头轻轻侧过身，林新看不到她的脸。

李尧在一旁平静地说道：“你不用愧疚什么，我和陶陶既然来到这个镜面城市，很多事情就已经有了觉悟。”

林新深吸一口气，调整好情绪，拿出手机，时间已经走到17：50。他沉默了下：“地面已经不能再走了，除了刚才那个巨大的穿洞云，还有别的极端天气，我们先进地铁站里面看看是什么情况吧。”说到这里，又鬼使神差地想到最开始在十字路口上，无面者对自己说的那句话：“永远也不要去图书馆。”

对于这个自己每日工作的地方，为什么会被特意提出来不能靠近？那里面会有什么？是那座神秘的镜塔，还是陶陶和李尧口中一直避而不谈的镜面计划的真相？

还是那个漆黑如墨的黑影?

想到这里，林新不禁费力地揉揉头，他们三个人从棱体中逃脱出来，还是被困在镜面城市中，而前方还有什么在等着他们?

尤其是棱体解体时出现的光线与符号图，是那位幕后黑手在暗示什么?

层层谜团，深深笼罩，稍一试探，便是让人心悸不可见底的深渊，林新深吸一口气，让心情慢慢平静下来。他压下情绪，借着光线打量着他们所处的地铁站。

60

庞大的地铁站内部，一眼望去，墙壁、闸门、内部装饰都和往日一样，看起来没有受到镜面化的影响，这本来应该正常无比的场景，却在此时显得有些诡异，甚至毛骨悚然。

地表已经镜面化到那种夸张的程度，连带天象都为之改变，为什么地底反而受到的影响还不大。

整个地铁站，唯一不同寻常的是头上的吊顶和脚下的地面。

吊顶上面覆盖着一层湛蓝色物质，光可鉴人，就像一面硕大无朋的镜子。镜子里面清晰地映现出下方地铁站的投影，看起来就像头顶多出一个地铁世界。

而脚下的地面，地板与土壤地层都完全透明化，一窥见底，他们就像站在透明的大地之上。

在这透明大地内部，几十道巨大的管道状物体纵横交错，内部流动着荧光，像是遍布无数萤火虫，它们跳动着，汇聚成巨大的光柱，在地底深处往来穿梭，将偌大的地铁站照射得通明光亮。

可是整个城市的水电都在之前七个小时的镜面计划中处于中断阶段，更不用说天空中那个巨大的穿洞云对水电的破坏，外界已经笼罩在一片黑暗之中。

地铁里面又是从哪里来的光？那些发光的管道物体又是什么？

林新看着这奇诡的一幕，喃喃道：“镜面计划，到底将这个城市改造成了什么？”

陶陶似乎看出林新的不解，说道：“我们脚下这些管道状物体应该是原来地底的天然气电力管道，在镜面计划的影响下物质能量全部转化成镜面材质，所以才造成我们现在看到的景象。”

林新看了看脚底透明的大地，那些来回交错的、发着荧光的管道状物体就像这个城市的血液脉络，在城市的地底交汇相错。

林新喉结动了动，忍住心中另一个疑问，无论是陶陶还是李尧都没有提及为什么地铁站内部的基础建筑并没有镜面化。

这似乎成为三人共同的默契，一种可笑中透着诡异的默契。

随着自己的不断前进，镜面计划似乎已经在他的面前轻轻露出一角，只是才匆匆一瞥就已经如此震撼，当他完全拨开这层迷雾，又会看到什么呢？

林新深吸一口气，心情突然平静下来，他有预感，自己离最后的真相已经不远了。

纵然这个真相，或许会令人毛骨悚然。

61

林新、陶陶和李尧三个人前后行走在空旷的地铁站，他们的身影被清晰地投影在吊顶上，就像是有另一个自己在头顶，在虚假的地铁世界中行走。

寂静。

一路穿过闸口、楼梯、看台，没有发现任何人的踪影，似乎整个城市的人都在一瞬间消失无踪，往日拥挤热闹的地铁站，已经变成了一个死寂之地。

林新看了看身旁的陶陶和李尧，整个城市似乎只剩下他们三个人。

陶陶看着林新脸上变化不定的神色，出声道："林新，你怎么了？"

"你们没有发现我们这一路走来，没有遇到一个人，就算是所有人都已经镜面化，但他们都去哪里了呢？"林新说出自己的疑问。

"可能是镜面计划还有什么我们所不知道的特殊变化，将那些留在外界的人全部……"陶陶说到这里，脸色微微发白，没有说出后面的话。

林新心中猜到陶陶想说的意思，只是又是什么变化，能将这个千万人口的省会城市，在短短几个小时的时间内，变成一座空城？

那些人，到底遇到了什么？

三个人都默不作声，继续往负二层去。

下到负二层，隔着看台，远远看到隧道里面幽深无比，似乎有一只张着森然巨口的大地之兽，蜷缩着恐怖的躯体，隐藏在黑暗之中，默默注视着林新他们三个人。

一列地铁正好停留在隧道中，看台前，车头的标记显示"A00"列次，大门还停留在打开的状态，里面同样空无一人。

林新上前一步打量着这辆地铁，打量着地铁上的路线图。

这辆地铁一共经历 16 个站台，林新他们现在正处于始发站，16 个站点依次排序下来，被一条路线横贯其中。

就像棱体最后解体时，出现的那张神秘的光线图。

62

林新的视线随着地铁路线图一路跳跃，最后定格在第 14 个站点上——市公立图书馆站。

棱体解体时出现的光线图，竟然是城市的地铁路线图，指向的地点是市公立图书馆。

他怔了一下，耳边似乎回响起十字路口，无面者第一次见到他时所说的话。

“永远也不要去图书馆。”

他们历经辛苦终于逃离了棱体，也得到了棱体解体后那个幕后黑手留给他们的线索——一幅光线图。光线图所指的位置就是市公立图书馆，也是林新上班的地方。

这一切都是这么顺理成章。

可为什么在此之前，那个无面者已经提前告诉过他不要去图书馆，难道他已经预知到林新他们一定会遇到这一幕，那么图书馆中到底有什么在等着他们?

是那个陶陶口中一直在说的镜塔，还是镜塔下面那个深沉如渊的黑影——归零者?

恍惚中，林新仿佛又看到那个永远也回忆不起长相的人。他面容模糊，似乎隔着时空与自己遥遥相视。

嘴角带着那抹永远也捉摸不透的微笑。

身后的陶陶和李尧对视一眼，轻声说："林新，你发现什么了？"

林新怔怔地看着图书馆的那个站点，跟陶陶和李尧说了自己的发现。

"也就是说，棱体最后出现的光线图指向市公立图书馆。"

陶陶眨眨睫毛："这样不是很好吗？我们直接去市公立图书馆，或许在那里就可以解开一切谜团。"

林新眼神晦暗，转头又打量了下那个站点。他隐隐感觉到镜面计划跟他自己有极大的联系，棱体出现的位置正巧是在他的房间外，而那个神秘的镜塔，会不会跟市公立图书馆，他上班的地方有关呢？

这种无处不在、致命的熟悉感。

一时千头万绪。

就在这时，面前那辆 A00 次地铁车厢内部突然光线闪烁，光线明暗间，密密麻麻的人影赫然出现在车厢中。

这些人影有男有女，神态打扮不一，他们在车厢中或站或立，簇拥在一起，就像平常上班那样拥挤，只是他们每一个人都像影子一样虚幻，似乎只是一个个虚幻的假象。

林新甚至能看到一个女孩透过车窗往他们这边看过来，那个女孩的脸色苍白，有那么一瞬间，林新恍惚以为构成这个女孩的不是血肉，而是光线混合的图像。

然而就在下一刻，人影又全部消失不见，如同海市蜃楼，空空如也，令人通体生寒。

面前的 A00 次地铁，车厢中依旧空无一人。

63

“刚刚是怎么回事？”

陶陶轻轻转头看向林新，面色复杂道：“你们刚才也看到很多人影吗？”

林新点点头，又转头看向李尧，李尧脸色木讷地揪了揪头上的卷毛，表示赞同。

是群体幻象吗？还是单纯的光影错觉，抑或是海市蜃楼？这些虚幻的人体他们的“母体模板”又在哪里？

林新打量着眼前的地铁车厢，试探地问道：“要不谁先进去看看？”

他期盼地看着前面两位镜面人，将希望的目光投注在他们身上：“我觉得需要找一个有能力的人，万一遇到什么突发情况也好有个应急措施。嗯……陶陶，你有什么想法吗？”

陶陶忙不迭摇摇头，脸上露出矜持的微笑：“我还是个孩子。”

林新“哦”了一声，深情地看向李尧，憨厚地笑了一下。

李尧嘴角勉强上翘，回馈他一个尧式微笑，不动声色地退了一步。

64

林新首先走进地铁车厢。

A00 次地铁的车厢看起来和别的地铁并没有什么区别，里面除了没有人，一眼望过去空空荡荡，遥遥可见尽头，这让林新想起之前乘坐地铁人山人海的拥挤感。两相对比，更显得有些空旷诡异。

这列地铁里面未免也太干净了，所有的设施都光洁如新，甚至一点黄斑锈迹都没有，就像是刚刚投入运营一样。

在林新记忆中，A 市在他大一入学那年开通了地铁，四年的运营时间，细微的地方肯定有老旧的迹象。

他看着眼前锃光发亮的地铁车厢，目光透过车窗，隐隐看到隧道内侧的一排LED广告灯箱，上面的广告在灯光的照射下散发着恒定不变的光亮。

他的身影映在灯箱上，看起来脸庞陌生得像是另外一个人。

林新微微眯起双眼，地上城市的巨大变化似乎一点也没有影响到这里，除了站台上的吊顶和地层异状，这里的电力、照明完全没有受到影响。

除了之前车厢内一闪而逝的人影，在这一片平静之下，还藏有什么诡异的东西?

“事实已经显而易见了，这里一切正常。”

林新回过头，李尧不知什么时候已经跟着他进入车厢，正气定神闲地打量着，陶陶站在一旁颇为赞同地点点头。

“只是，真的正常吗？”林新心里默默地想着，目光穿过这节车厢，不经意间扫过两节车厢连接处那个显示屏。

——欢迎乘坐A00车次，祝您一路顺风。

65

“我们再去前面看一下吧。”林新先行一步向前面车厢走去。这节车厢还是和上节一样，乍看一眼，没有任何引人注目或不寻常的地方。

陶陶突然轻“咦”一声，目光怔怔地看着一侧。

林新顺着陶陶视线的方向望去，前方不远处的座位下面，一个圆柱体的物体正静静躺在那里。

难道是……

林新心中隐隐有一个猜想，他吸了一口冷气，上前打量那个物体。

是半截棒球棒。断口处平滑如镜，就像之前在棱体中，穿过光壁而消失的那半截棒球棒一样。

“明明已经消失的半截棒球棒，为什么会出现在这里？”林新怔怔地看着这个突然出现的棒球棒，心中一股寒意弥漫全身，他弯下腰，想捡起那半截棒球棒。

接着林新眼皮一颤，他看着自己的手指清晰地穿透那半截棒球棒，触摸到了冰冷的车底。似乎那半截棒球棒只是一个虚幻的假象。

66

林新默默地坐在地铁车厢的椅子上，打量着自己的手指，陶陶和李尧各站在一边，三人视线中心是那根虚幻的棒球棒。

仿佛只是一个虚幻投影。

“之前在棱体的时候，我拿着这根棒球棒触碰棱体的光壁，结果被棱体的光壁吞噬，棒球棒抽回来时只有后半根，前半根消失不见，没想到在这里发现了。”

林新手指轻轻弯曲，似乎还能感受到刚才穿过棒球棒时那种奇异的触感。

就像是穿过一个无形的漩涡，手指附近隐隐传来一种轻微的吸力，由于吸力太过微弱，让林新恍惚以为是自己的错觉。

他抬起头，静静地看着陶陶和李尧，若有所思道：“棱体按照你们的说法是镜面计划运行时附带的一种现象，而棱体的三个侧面具有曲折空间的效果。”

“你的意思是这半截棒球棒通过棱体光壁被移动到了这个位置？”李尧出声。

林新摸了下鼻子：“是，我想随着镜面计划的开展，这个城市中可能已经出现了一些“瞬移点”。或许我们不小心踏入其中，直接被转移到地表或者哪个绝地呢？而且，这半截棒球棒是虚幻的啊！”

他说到这里没有再往下说，但是潜在的意思已经很明白，陶陶和李尧一直以来忌讳莫深，不肯跟他吐露镜面计划的实情，可随着他们的不断深入，有些事情已经开始超出他们的掌控了。

这个以整座城市为范围的计划，目的到底是什么？仅仅是制造一个镜面城市吗？那为什么随着他们的深入，遇到的不可思议的事情越来越多？

一时三个人各怀心事。

沉默中，陶陶说道：“林新，我们要不先顺着隧道往前面走吧，时间已经不多了。”

林新低着头不言不语，他的脸庞隐藏在阴影之下，谁也不知道他此时在想什么。

“好。”

67

林新他们所在的站点是始发站，距离市立图书馆有 13 个站点，平日乘坐地铁只要 40 分钟左右就能到达，但现在只能在隧道中徒步摸索。

隧道和站点不一样，这里的地底不是那种透明的大地，一眼看过去隧道内部比较昏暗，唯一幸运的是，每走几十步隧道内侧会出现一个应急照明灯，散发着淡淡光芒。

在昏暗的环境中，三个人的话语也少了许多。只有三个人的脚步声在昏暗的隧道中提示着彼此的存在。

不知是不是林新的错觉，他余光隐隐看到隧道的一侧，他的影子被投射在隧道壁上，漆黑如墨，仿佛另一个自己跟他完美对称，并肩行走在昏暗的隧道中。

不知走了多久，前面隐隐传来鸣笛的声音，似乎有一个庞然大物正向他们急速驶来，在这茫茫地底鸣笛声显得格外震耳欲聋。

林新的心怦怦直跳，他面色怪异地扭头看向陶陶和李尧，两人脸色也是一脸茫然。

镜面计划发展到现在，还会有地铁运行吗？还是只是幻听？

可是脚下钢轨传来的震动越来越强烈，陶陶突然面色一变，急声道：“快闪开！”

林新快速转身站在隧道一边的疏散平台上，紧紧贴靠在隧道壁上。

接着一抹强烈的亮光迎面而来，照得隧道中亮如白昼。亮光中，一辆地铁向他们急速驶来。

68

迎面的气流擦着脸皮而过，林新忍着眼皮传来的刺痛睁着眼，死死看着这列突然行驶过的地铁。

透过疾行而过的车窗，林新勉强看到车厢驾驶室空无一人，里面也没有一个乘客，在这昏暗的隧道中，就像一列载满幽灵的地铁，不知疲倦地在幽深的地底隧道中穿行。

林新眼神突然一凝，透过飞驰的车身，一个刺眼的标志跃入眼中——A00。

这列地铁是在第 1 个站点停留的那列。

林新来不及多想为什么停靠在第 1 个站点的那列地铁突然出现在这里，视线随着一节节车厢而动，其中一个车厢中，赫然出现一个熟悉的身影。

黑色运动服，牛仔裤，脸上带着紧张、疑惑、怀疑种种复杂的情绪。

林新忍不住头皮发麻，他看到了另一个自己，穿着和自己也一模一样，正在车厢中四顾走动。

时间仿佛在此时放缓，林新看着地铁车厢中的自己低着头，似乎在寻找着什么，整节车厢，不，是整整一列地铁，只有那一个自己。

仅仅是下一刻，周围的声影光像又恢复正常，时间仿佛打开阀门的水流，奔泻而出，这列突如其来的 A00 次地铁在几个呼吸中，高速行驶过去。

迎面的风打在林新脸上，带着地底阴冷潮湿的气味。林新目不转睛地看着那列 A00 次地铁载着那个自己就这样疾行而去。不知什么时候，隧道又恢复昏暗。

“林新。”李尧和陶陶同时转头看过来。

隧道里的光线不是很好，林新看不清他们两个人的表情，但林新想自己现在的表情一定非常可怕。

“你们刚才看到了什么？”

69

昏暗的隧道中，两侧应急照明灯散发着微弱的光线，借着上面反射的光线，林新似乎看到一个陌生的自己站在隧道的另一边。

他面无表情，身边是无边的黑暗，似乎完全被黑暗吞噬。

“你胰液分泌提高了 12ml，血液中红细胞计数增加，副交感神经系统活动相对亢奋。”李尧目光闪烁，“我建议你饮用 0.9% 的生理盐水 100ml，有助你供给电解质和维持体液的张力，平复心情。”

林新抖了下眼皮：“你闭嘴。”

李尧“哦”了一声，继续专心致志地揪着自己的卷毛。

林新脸上紧绷，心中又气又笑，但不得不承认李尧让他心中那种紧张阴沉的感觉消散了一点，他抬头看向陶陶。

“我刚才看到一列地铁驶过去，里面有一个一模一样的你。”陶陶道。

“还有一点，”林新补充着，“那列地铁，和我们在第 1 个站点看到的那列一样，都是 A00 车次。”

陶陶沉思了下：“难道之前停靠在第 1 个站台的那列地铁自己发动，然后从在隧道中行驶吗？”

一种诡异的氛围在三人之间弥漫，在这个阴暗的隧道深处，似乎隐藏着太多毛骨悚然的未知。

“不知道，不过就算这列地铁自己发动，它应该是从我们身后行驶，为什么我们看到的却是从前面出现呢？而且车厢中那个，嗯，那个我又怎么解释？”

“而且就算刚才这列 A00 次地铁是幻象的话，为什么上面只有我的身影呢，当时我们三个都上了这列地铁车厢的，就算类似视觉暂留，我们三个人的身影应该都在上面才对。”

林新又想起第 1 个站点，在 A00 次地铁停靠时看到的那些一闪而过的人影，又作何解释呢？

陶陶轻咬嘴唇，没有出声。

林新又将目光投向李尧，这个男子同样没有任何表现，或者说，他一直都没有什么表现。

这个木讷的男子，似乎唯一感兴趣的就是揪弄自己头上的卷毛，对于他们遇到的任何情况都缺乏必要的好奇心和探索欲望。

他就像一个冷漠的看客，与任何人都保持着客气的距离。

沉默了一会儿，林新突然轻笑，看着对面昏暗的隧道墙壁，目光幽幽，岔开话题道："我想起之前看过的一个漫画，说的是一个人无意间进入镜子中，发现里面也有一个与真实世界相对应的镜子世界，里面的街道建筑风景和真实世界一模一样，只是全部都是相反的，而且空无一人。那是一个没有任何生命存在的死寂的镜子世界。"

"这个漫画我也看过。"李尧出声。

林新看着这个木讷的男子，脸上露出一丝奇异的色彩，继续说："可是那个人却不知道，在他进入镜子里面的时候，发生了一件恐怖的事情……"

70

"发生了什么？"陶陶面色凝重。

"镜子世界有一个他自己的影子，影子厌倦了这个死寂的镜子世界，所以趁着他进来的那一刹那，来到了真实世界。"李尧在旁平静地开口，他的声线还是那样冷静机械，配合着这个故事，在这个诡异的场景有一种诡异的感觉。

林新目光直直地看着李尧："当那个人在镜子世界中待得无聊的

时候，他想回到真实世界里面。可他来到两个世界的入口，却发现原来的入口已经一片黑暗，再也打不开。”

说到这里，林新闭口不言，他的目光转向前方。

第 2 个站点不知不觉已经到了，而借着站台的亮光，前方不远处的铁轨上，一个物体静静地躺在铁轨上。

“林新，那个故事的结局是什么？”陶陶问。

林新身子动了下，没有回答陶陶的问题，他上前几步，站在那里一动不动。

“看来有点麻烦了。”林新弯腰打量着地上的物体，犹豫了下，说，“我们之前的想法要重新推翻了。”

他指了指地上的物体对身后两人示意了下，那个掉落在第 2 个站点铁轨上的物体，也是半截棒球棒。

从外观看，无论是端口的切面，还是棒身的表面，与之前第 1 个站点的也完全一样。

“这下我们发现两截棒球棒了。”

71

陶陶轻轻上前，侧着身子看着林新手中的棒球棒，睫毛微微眨动：“林新，你的意思是：我们无法通过棒球棒证明存在瞬移点吗？”

“不是，依然可以推测有瞬移点的存在，只是通过这个瞬移点，会发生什么现象？像这半截棒球棒，它还有多少节，除了第 1 和第 2 两个站台前，还有哪里有？”林新轻声道，“如果我们遇到这个瞬移点，会不会被分裂复制出无数个自己呢？”

陶陶没有出声，林新又看向李尧，李尧还是那副木讷的表情。

“我知道你们还有很多地方瞒着我，比如镜面计划到底是什么，我在这个计划中到底起到什么作用，已经走到这里了啊！”林新怒极反笑，“你们还要瞒着我到什么时候呢？”

“林新，我们已经走到了这里，还有11站就能到图书馆，在那里找到镜塔，到时候你什么都能明白，再给我们一点时间可以吗？”陶陶似乎有些为难。

死寂。

林新缓缓转身上了站台，他抬起头，目光安静地望着头上的吊顶，接着吊顶上，与他相对应的位置，他的影子也抬起头，两个人隔着一层镜子遥遥相对。

进入地铁站以来，若隐若现的人影、虚幻的半截棒球棒、神秘的A00次地铁以及这个光怪陆离的地底世界，一件件匪夷所思甚至是毛骨悚然的事件发生，在林新心中急速闪过。

林新看着吊顶，谁也不知道他此时心里在想什么。

过了良久，林新深吸一口气，说：“好。”

72

第2个站点。

林新看了下手机，时间已经走到18：35。

算下来，他们花了40多分钟的时间才前进了1个站点的距离，照这样看来，就算他们中途不作任何休息，到达第14个站点市图书馆也至少还需要八九个小时。

林新打量着第 2 个站点。这个站点同样空无一人，地层完全透明化，那些发光的管道物体如同纠缠的螺旋藻，在地底肆意穿行。

看起来和第 1 个站点一模一样，只是提示牌上泛着淡淡的荧光，提示他们现在正处于第 2 个站点。

不知是不是林新的错觉，在他的注视下，那些发光的管道物体看起来越发活跃，离地表越来越近，似乎随时都有可能冲破地层。

耳边突然响起陶陶的声音："你们看那些广告牌。"

林新回头望去，在第 2 个地铁站内，那些散落在四处的灯箱上的光线变得杂乱无序，就像错乱的线条，混乱中渐渐归于同一种频率，最后诡异地呈现出完全相同的一幅画面。

画面中，一列地铁缓缓驶过。

一节节车厢在画面中划成无数条模糊的线，它们拼凑出一个似曾相识的画面，画面中一个熟悉的身影站在车厢中。

那是另一个林新，他坐在座位上打电话。

不知道电话那头是谁，画面中地铁上的林新面无表情，不时张口辩解几句，语气似乎越来越激烈，最后颓然挂断电话，目光无神地看着对面的窗户，怔怔发呆。

林新目光微微暗淡，他记起这一幕。

那时自己才来 A 市，也是在这列地铁上，自己与初恋，那个说话总是慢声细语、笑起来双眼会眯成两道月牙的女子在电话中分手。

也是从这个电话之后，自己彻底断了与家乡小城的联系。此后五年，自己再也没有回去。

画面中，地铁车厢还在缓慢前行，接着一个令林新头皮发麻的人毫无预兆地出现了。

那是一个朦胧的身影，缓缓走到那一个林新的面前，就在对面的座位上坐下，头朝窗外。

是那个无面者。

画面中的这列地铁上，除了一个自己，还有那个无面者。

73

无面者微微侧头看着窗外，他的目光隔着窗户，隔着灯箱，或者说隔着时空，与林新遥遥相对。

画面上的声影光像在这一刻以一种奇异的观感放缓着，林新怔怔地看着那个无面者，从来没有哪一刻，林新确认他们如此接近，又是如此遥远。

虽然近在咫尺，但又像隔着一整个时空。

虽然看不清他的面部五官，但林新能感觉他在笑。

就像第一次在十字路口遇见；

就像第一次梦境中，镜塔下的那次对望；

就像第二次梦境中，那场诡异的毕业合照。

唯一不变的是无面者嘴角永远挂着的微笑。

他目光轻轻地投注在林新身上，笑容中似乎包含了太多的东西，又似乎什么也没有，空空如也。

还是梦境吗？或者说梦境与现实已经交汇在了一起？

74

“林新……”陶陶的声音从身后轻轻传来。

林新仍然静静地看着广告牌，上面的画面又恢复成一片模糊的混合光线，他顿了下身子，回头：“你们刚才在广告牌上看到了什么？”

“我刚才看到一列地铁驶过去，上面有一个一模一样的你。”李尧的声音轻轻响起。

林新略带诧异地转过身。

“难道我们看到的不一样吗？”陶陶眨眨睫毛，上前一步，隔在林新和李尧之间，侧对着那个广告牌。

林新抬了下眼皮：“我除了看到一个自己，还看到那个无面者。”

“无面者？就是你之前两次梦中看到的那个，永远也看不清面目的人吗？”李尧问道。

林新点点头：“所以你们看不到无面者，只能看到一个一模一样的我吗？”

陶陶想了想：“也不是一模一样，那个你穿着略显青涩，脸庞看起来也比较稚嫩，就像……”

“就像年少的你。”李尧补充道。

“其实我觉得你现在看起来比较成熟，也很有味道的。”陶陶机智地总结道。

“嗯……”

林新微微眯起双眼，他能感觉到现在陶陶和李尧似乎都有试图弥补他们关系的意思，毕竟之前几次三番的讳莫如深。只是，与其现在这样，为何不一开始就告诉他所有的真相呢。

除非，真相说出来更加伤人。

“我现在想法有点乱，给你们说下我目前发现的三个有意思的点：一，关于A00次地铁，我们第一次看到这列行驶的地铁是在第1个站台前，后来它从相反的方向在隧道中行驶，这种行驶机制是什么导致的？它是否还会出现？”

“二，关于梦境，之前在棱体的时候我做过两次梦，一次镜塔的成形，一次大四毕业那年的合照，都是现实中曾经发生的事情。在这两次梦境中我都看到了无面者，刚才我在广告牌出现的画面中也看到了无面者，里面的画面也是曾经发生在我身上的事情，难道说明我的梦境和现实已经开始相互影响？那么下一次，梦境的展现方式又会是什么？”

“三，关于无面者，为什么你们两个都看不到？”

一直以来，那个如影随形、永远也看不清面容的无面者，到底是谁，他的目的又是什么？

李尧揪着头上的卷毛说：“之前发现的半截棒球棒，还有你推测出的瞬移点也可以加进去。”

林新“嗯”了一声，继续说：“我们就在这里休息下吧，我有点累了。”

75

空旷的站点中，林新、陶陶、李尧三个人各位于一处，靠着墙角休息，头上的吊顶隐隐倒映着脚下的场景，就像一个镜面世界，在沉默中窥视着下方的人。

林新打量着自己的手指，几个指头轻轻弹点着地板，透过透明的脚下，那些发光的管道状光柱透着荧荧的光芒。

“林新，你之前说的镜子故事结局是什么样呢？”陶陶走过来，侧着身子盘坐在林新旁边，她轻轻眨眨睫毛，期待地看着林新。

“结局嘛，很早之前看的故事了，可能最后那个人离开了镜子世界，回到真实世界中了吧。”林新看着陶陶的侧脸，思绪不知道飘到哪里去了。

陶陶眨眨眼睛，翻了个白眼：“这个结局太敷衍了，一点也不引人沉思。”

林新微微一笑，他嘴角带笑地看了眼旁边的李尧，那个男子还是专心致志地揪着自己的卷毛，似乎跟自己的头发杠上了。

林新安静地看着陶陶和李尧，这两个神秘的镜面人都藏有太多秘密，哪怕他们三个人已经经历了这么多，哪怕刚才是林新最后一次尝试从他们口中得到真相，哪怕，只是一点就好，可是……

林新轻轻低下头，目光中闪过一丝光芒，之前所遇到的种种场景谜团在心中轻轻闪过，最后，光芒缓缓收敛，他抬起头对陶陶说：“陶陶，你之前不是想听我给你讲一些我以前的故事吗？”

陶陶微微一愣，继而双眼微眯成一个月牙儿：“好啊。”

“从哪里开始说呢，就从我第一次来到 A 市吧。那是五年前，我接到大学通知书，从家乡的南方小城来到 A 市，来到那个樱花学校。”

林新漫不经心地说着以前的事情，说到好玩的地方逗得身边的陶陶咯咯直笑。随着口中的追忆，记忆不断延伸，似乎又回到那个稚嫩的年岁。

那时他一脸稚嫩，脸上满是对未来的憧憬，目光中满是好奇地打量着车窗外的景象，还记得当时车厢中人来人往，人们坐在一起或是打牌或是聊天，平常得就像以后漫长的每一天。

林新似乎又看到当初那列载着他来到 A 市的高铁，还记得通过的那条宽阔的跨江大桥。

那时大桥那头是灯火万点的 A 市，是他此后生活五年的地方，却不知现在想起来尽是漆黑一片。

只有无尽的黑暗。

76

时间一点一滴地过去，不远处的隧道深处，一抹亮光越来越近，隐隐有地铁驶过铁轨的声音。

林新坐起身，看了陶陶和李尧一眼，三人眼神中无声地发出一个疑问：那列 A00 次地铁又来了吗？

就在这时，身旁广告牌上，画面一阵模糊，又出现那个地铁驶过隧道的画面。

广告牌上的地铁和眼前的地铁，同样是空无一人，同样有一个林新，在这一刻，似乎跨越时空，诡异地重逢在这一刻。

画面地铁上的林新衣着举动和上一次不一样，他站在车厢中，还低着头把玩着手中的手机。

时间仿佛在此时放缓，林新看着地铁车厢中的自己低着头，全神贯注地玩着手机，整节车厢，不，是整整一列地铁，只有那一个自己。

那个林新似乎没有发现身边的异常，不知道看到什么有趣的事情，嘴角还轻轻勾起一抹微笑，在这个诡异的场景显得格外瘆人。

林新怔怔地看着那个地铁上的自己，目光却在下一刻陡然尖锐，那个无面者还是坐在相同的位置，微微侧头看着窗外。

两人视线相对间，无面者似乎跨越时空，微微向林新点头示意，他轻轻摇摇头，嘴唇微启，似乎想对林新说什么。

眼前的地铁，还是那列 A00 次，还是从相反的方向而来，驶过第

2 个站点，没有任何停留，径直而去。

一节节车厢在林新眼前如幻影一般闪过，林新情不自禁地握着拳头，怔怔地看着那个与他现在一般无二的人影。

衣着外表都完美契合，如同一个虚幻的镜面投影。

同样是空落落的地铁车厢，只有那样一个自己在车厢中走动，不时扭头对身后的空气自言自语几句，似乎在他的眼中，那里还有两个人……

林新静静地站在看台上，闭上眼。

眼前的隧道，身后的灯箱，同时穿行而过的地铁，他一动不动地站在原地，头顶上是那个虚幻的地铁站投影。

现实与梦境，虚幻与真实，在这一刻，似乎完美融为一体。

光影交替中，林新睁开眼，目光轻轻投放在李尧身上，这个木讷的男子似乎有所感应，缓缓回头，四目相对间，林新嘴角微扬。

77

随着眼前地铁驶入幽深的隧道，广告牌上的画面也慢慢消散。

两列地铁，在广告牌和眼前同时驶过，让人产生一种如梦如幻、极不真实的感觉，甚至有点宿命般的巧合。

“刚才眼前驶过的那列 A00 次地铁，你们看到的还是只有我一个人在上面吗？”林新轻声问道。

陶陶和李尧点点头。

“还有一点，A00 次地铁两次行驶的时间比我预计的要短。”李尧道。

林新转回头，目光平静道：“你的意思是这列地铁速度在加快吗？”

“假设我们从第1个站点出发的时候，A00次地铁开始反向运行，在我们接近第2个站点的时候，这列地铁大概是37分钟时间运行完这一个循环，在我们进入第2个站点，到看到A00次地铁，抛去相对时间也能计算出A00次地铁循环的时间缩短了。

李尧轻轻阐述了自己的观点，林新缓缓点头。

照这样下来，在他们到达第9个站点的时候，地铁循环的速度就会到达一个夸张的数值；到第11个站点的时候，地铁就会近乎无中断地在隧道中穿行。那时，他们只会被困死在站点之间，根本无法再通过隧道前往。

也意味着，他们必须一刻不停留地一直往下一个站点走，直到到达终点。

林新抬起头，看着面前的隧道。如果说隧道中这列地铁真的还会经过，它到底代表着什么奇特的含义？那个无面者，他到底想对自己说明什么？

还有之前那些似曾相识的梦境，还有刚刚……隐隐间，林新有一个奇特的想法，只是这个想法太过荒诞，他摇摇头，看着眼前似乎永远也没有尽头的隧道，目光幽幽。

78

第2个站点与第3个站点之间，A00次地铁再一次行驶而过。

就像李尧所说的，这列地铁的速度越来越快，或许再过几次之后，当速度到达一个顶点时，林新他们就会被困在满是地铁的隧道中，寸步难行。

陶陶轻声道：“要不我们加快点速度吧，中途不要在站点中停留了，如果林新你走不动，我和李尧可以一起帮你，当务之急是先到第14个站点。”

林新点点头，对陶陶笑着说：“我们先去第3个站点吧，我想看看那里是不是还有半截棒球棒，有的话又是以什么样的形态存在的。”

陶陶睫毛轻轻眨了下，什么也没说。

三个人就在这种微妙的情况下来到第3个站点。

不出所料，这里还有半截棒球棒……

“嗯，这截棒球棒的形态，依然是虚幻的。”

林新示意陶陶和李尧，他的手指从那半截棒球棒中间穿过，似乎穿过了一个虚影。

“我们已经发现了3个棒球棒，再加上之前的瞬移点推测，或许我一直以来想得太多了。”

陶陶道：“林新你想到了什么？”

林新看着地上虚幻的棒球棒：“我想我可能知道那列A00次地铁的小秘密，也是这个镜面城市，最大的铁则。”

79

“你们知道吗？人走路本身就有一个角度，以左脚为主轴决定走路的方向，因此，闭上眼睛向前走时很难走出直线，往往不自主地向左偏。当然这也与左右脑的神经分工有关，归根到底……”林新看着陶陶和李尧，缓缓道，“人并不是一种完美的左右对称生物。”

陶陶轻轻眨了下睫毛：“这个有什么关系吗？”

“当然有关系。”林新说，“我们一直以为自己在隧道中行走，按照常理，隧道的方向只有一个，所以我们一开始在第1个站点看到的那列A00次地铁，如果存在行驶机制，那么我们第一次见到它，应该是从我们身后行驶过来，可是我们看到的行驶方向是相反的。”

“所以我在想，我们一直以为自己走的是正确的方向、正确的道路，但是镜面计划进展到这里，这个城市如我们所见已经变成一个充满镜面和光的折射的城市，甚至可以说是一个镜面城市。”林新声音突然变得有点怪异，道，“所以我们会不会一直在原地打转呢，或者说，我们在第1个站点上的那列A00次地铁，一直到现在都没有下来过呢。”

“我们一直以为自己在隧道中行走，会不会，其实一直是在那列地铁中行走呢。”

80

“不可能。就算光影真的可以误导我们的六感，但是那列一直穿行在隧道中的A00次地铁又怎么解释呢？如果我们一直在这列地铁上面行走，那我们现在看到的隧道又是什么？”陶陶道。

“昔者庄周梦为胡蝶，栩栩然胡蝶也。自喻适志与，不知周也。俄然觉，则蘧蘧然周也。不知周之梦为胡蝶与？胡蝶之梦为周与？”

林新摇了摇头，嘴角缓缓勾起，就像一个刚刚解开谜题的俏皮小孩，他目光柔和地看着陶陶，一字一句地说道：“尺缩效应。”

“A00次地铁的速度在不断地提升，在我们目光范围内，地铁通过的时间越来越短。想象一下，等到某一刻地铁通过时，快到我们的眼睛来不及眨一下，那么在那么短的时间内，地铁的一瞬间经过，我们只能看到局部，整段地铁一下子就被缩短在一小段内，就好像一根尺子最终只剩下了一厘米长那样，我们之间的相对距离就被无限拉长，造成一直在前进的假象。”

林新一口气说完，然后又失笑了一声："其实证明我们一直在A00次地铁上只为了一件事，就是证明瞬移点的形成机制，这也就是这个镜面城市最大的铁则。"

"所有的一切都因镜面反射作用而显示出完美的对称。"

"林新，我不太懂你在说什么。"陶陶还是有些茫然。

此时，远处飞驰的地铁又一次驶来，林新扭头看向李尧道："还记得我之前跟你说的吗？"

李尧目光微微闪烁，点点头，然后转身向那个虚幻的棒球棒的位置上站去。

林新轻吐一口气上前，面对着李尧走上去。

陶陶目光闪过一丝慌乱，但她只是静静地看着这一幕："林新，你们什么时候说好的？"

"这个问题，过一会再告诉你吧。"

"林新，你到底想做什么？"陶陶看着林新，一字一句地问道。她好看的睫毛微微颤抖，看得出来她的内心绝对不平静。

林新轻叹一口气，平静道："我只是想做一个试验。"

"什么试验？"

林新再没有说话，他轻轻上前一步，在陶陶复杂难解的目光中，他和李尧面对面踩在那个虚幻的半截棒球棒上。

两个人面对面，中间就像隔着一面看不见的镜子。

A00次地铁呼啸而过，下一刻，那个位置已经空无一人。

81

林新抬了下手，浑身上下传来隐隐的疼痛，耳边还有嗡鸣声，身下冰冷、有起伏的触感提示他现在正躺在铁轨上。

林新缓缓抬起手，艰难地爬起来，身上的手机一直震动，他恍若未闻，慢慢直起身，此时整个站台的灯光忽明忽暗，就像老旧的破损家电，挥霍着最后一丝生命力。

抬起头，这是第 6 个站点，他被传送到了第 6 个站点，或者说是第 6 个车厢吧。

林新默默站在站台上，他预想的不错，依据尺缩效应，他们一开始在第 1 个站点的那列 A00 次地铁上就没有下来，接下来他们以为自己在隧道中行走，其实一直是在那列地铁上，至于路过的每个站台，就是地铁上不同的车厢。

隧道中行驶的地铁，每个车门就像一个个精确的传送点，而那半截虚幻的棒球棒，就是在这十几个车厢中随机传送。

林新咧开嘴笑了笑，无论怎样，他赌对了，接下来就是验证心中那个猜想的时刻。

他掏出手机，手机背后陶陶之前送给他的“全天位传呼仪”微微闪烁，林新稍加思索，先点开了李尧的三角形结晶。

过了片刻，电话那边传来李尧的声音：“我现在还在地铁站里面，只不过是在第 8 个站点。”顿了顿，这个男子接着说，“我想问一下，你是什么时候发现镜面计划真相的。”

林新回答：“很早之前。等我做完最后这个试验，验证我心中的另一个猜测吧。”

对面良久无声，最后传来一声：“好。”

林新放下手机，点击陶陶的雪花状的结晶：“陶陶。”

他说了这一句，就没有再往下说，对面那位女生心情想必比他更加波澜起伏。

过了良久，那个女生艰难开口：“林新，你是什么时候发现镜面城市的这条最大铁则的？”

“所有的一切都因镜面反射作用而显示出完美的对称。”

82

林新：“还记得我们在棱体中观察到的穿洞云吗？那些穿洞云两两对称着出现，在我一觉醒来后，整面天空更是却被穿洞云均匀分成两半，形成一个同心圆模样。”

“所以我当时就有一个猜测，在这座城市中轴线的位置有一面巨大的镜子一样的东西，在对应的天空中投影出相对称的虚像，无论是天空中的穿洞云，还是地面的建筑。”

电话那头没有回声，林新继续说道：“如果是处于地面，我可能还发现不了这个城市几公里之外相对称的位置是否有一模一样的建筑，但是得益于棱体独特的位置，我们处于高空之中，视线一览无余，就像照镜子一样，你站得离镜子越近，看得越清楚，但相应的也失去总览全局的视角。”

“后来进入地铁，我有意识地去寻找这个城市的中轴线，最后被我发现就是我们遇到的这条不断穿行的 A00 次地铁。”

“这样地铁站中很多反常的现象用镜面对称就可以作出合理解释。比如我一直在留意着的自己的投影，比如相反方向运行的 A00 次地铁，当然，下一次它在运行过来的时候方向就会颠倒过来。”

电话那头，陶陶发出感叹：“林新，你比我想象中的还要厉害。”

林新一笑："其实还好，那么我接着跟你解释瞬移点，也就是半截棒球棒的位置，还有面对面为何能触发。"

"因为镜面城市的铁则，我得出所有的一切都因镜面反射作用而显示出完美的对称。而任何在面对面不呈反射状态的情况都直接悖逆了整个规则，就像石头投入水面引出波纹，然后愈来愈强，最终触发熔断机制，导致整个水面起了漩涡。而这个悖论就造成了镜面世界时空的波纹，最终扭曲，形成一个漩涡，这个漩涡就是瞬移点。"

"而在这个镜面城市中，不存在左右完全相同的人体，所以我从来没有和你或者李尧面对面过，我们三个人就是彼此镜面铁则的违逆者，也是这座镜面城市的阿喀琉斯之踵。"

83

电话那头沉默了很长一会儿，陶陶才出声道："林新，你现在已经发现镜面城市的铁则，下一步你准备做什么？"

林新："我只是想最后验证下为什么你会说我是镜面计划的关键。"

"现在我们三个在前后不同的站点，以我们才进来的始发站为起点，陶陶你在第 3 个站点，李尧在第 8 个站点，我在第 6 个站点，而马上 A00 次地铁就会从第 1 个站点始发车。"

林新的脸上不知什么时候浮现出一丝奇怪的表情，像是期待、迷茫，或许还有一点点害怕。

他注视着眼前幽深的隧道，似乎穿过重重阻隔，落在了那两个人影身上。接着他缓缓道："我要你们告诉我，一会儿那列地铁上，你们会看到什么。"

电话那边良久没有回音，过了好一会儿，陶陶的声音传过来："好，林新，但是你一定要照顾好自己，你现在的状态我真的很害怕，我……很担心你。"

林新没有多说，他挂掉电话，目光轻轻转向隧道。

84

陶陶那边很快拨来了电话：“林新，我这边看到地铁里只有一个人，还是你的模样。”

林新“嗯”了一声，陶陶还在说着，但他已经没心思再听下去了，挂断电话。

很快，随着隧道中一抹亮光的出现，那列地铁出现在林新的视线中。车厢中，就像陶陶所说，还是那个黑色运动服的林新。

林新目光恍惚地看着车厢中的自己，不知道是不是他的错觉，车厢中的“他”抬起头，向自己匆匆一瞥，嘴角带着难解的笑容，下一刻，林新看着这列永不停歇的地铁穿梭而去，没入隧道之中。

隧道中又黑了下来，林新站在黑暗中，不知过了多久，有那么一刻，他以为这个城市中只有自己孤零零的一个人，一种极致的孤独深深地笼罩着他。

直到李尧的身影从隧道中出现，他目光平静地看着林新：“车厢中只有一人，是你。”

林新点点头，看着这个面部表情永远木讷的男子，说道：“李尧，你之前遇到镜面人攻击的时间，大概是几点？”

“上午7：50。”

林新犹豫了下，开口道：“陪我走一下吧，我们去见陶陶。”

85

隧道中的光线早在之前就已经全部消失不见，林新走在黑暗中，脚下不自觉趔趄了几下，身旁李尧默默扶住他，林新微微一动，说了声“谢谢”。

“没事。”李尧轻轻回道。

两个人在黑暗中只是行走了几百步，但林新感觉这段距离是他这辈子或者说是他有记忆以来走得最艰难的一段。

但他还是慢慢直起身子，到最后没有李尧的扶持，他也独自走了下去。

随着他们的不断行走，地表的震动越来越大，他们的头顶突然响起一阵令人龇牙的破碎声。

林新抬起头。

就像是上百万吨的玻璃在一瞬间全部碎裂，头顶厚达20米深的地质层，或许应该称之为镜面地质层，在林新眼中顷刻间破碎，已经转化为镜面材质的土层就像是镜子一样分崩离析，破碎掉落下来。

一个方圆十几米的巨大空洞出现在林新眼中。借着这个巨大的空洞，头顶地表上，一缕光线照射进来。

光线中，他和李尧所处的这个隧道，或者应该称它为车厢，终于重现天日。

他们走了这么久的隧道，一直都是一列车厢，这列车厢的车体不知什么时候炸裂开来，车顶大开，边缘露出破损腐朽的钢铁。

而陶陶安静地站在对面，这个女生的脸上、手臂上，只要是裸露在衣服外面的皮肤，不知什么时候出现一块块深蓝色的结晶组织，这是由于过度使用镜面能力导致的自身机体不可逆转镜面化。

她脸色苍白，面无表情地看着林新他们。

林新沉默着抬起头，视线透过头顶的空洞，看到了地表之上。

那个曾经覆盖大半面天空的巨大穿洞云，已经无声无息地吞噬掉整面天空，以云心为中心，就像一个只存在远古史诗中的灭世漩涡，通体转化为银白色，疯狂地旋转着。

随着银白色漩涡天空的移动，一道道巨大的光束从其中贯穿而下，好像灭世光柱一样疯狂肆虐着周遭可见的一切。

刚刚就是一道光束击穿了20米深的地层，将林新他们所在的地底隧道彻底打穿。

“等一下，那些地底的光状管道……”林新下意识想扭头，就在这时，一道，不，是成百上千无数道光柱彼此纠缠着冲天而起，随着这些光柱管道的出现，无穷计数的声音瞬间在林新耳边，在天地间响起！

86

就像是置身千万人的广场，耳边骤然响起各种嘈杂的声音。

有男人的咆哮争吵，女人的尖锐惊叫，孩童的牙牙学语，老人艰难的咳嗽声……

有汽车鸣笛，轮渡起航，闹钟报时，猫狗鸟虫类吵闹……

有春天微风习习，夏日蝉鸣阵阵，秋天落叶满地，冬日冰雪呼啸……

这个城市中所有的声音在这一刻挣脱束缚，所有声音汇聚成海洋冲破地层，随着那些挣脱束缚的管道状光柱，冲天而起。

千百种声音交织在一起，在达到一种骇人的顶峰后，又突然恢复死寂。

林新摇摇晃晃地站起来，顺着破碎的废墟，慢慢走到地表上，他就这么站在天地之间，仿佛站在一个死寂无声的世界。

“林新……”

一个声音轻轻响起，是陶陶。

林新没有回应，他默默低下头，看着自己的双手，又看了看周围一片破碎的惨状，看了看这个破碎的城市。

林新抬起头，嘴角突然轻轻勾起，似笑非笑道：“你还记得我之前跟你们讲过的那个故事吗？一个人进到了死寂的镜子世界，他兴奋地窥探着里面的一切，却不知自己的影子趁机来到了真实世界。”

地表上不知从哪里刮起了大风，风中林新的衣服猎猎作响，他独自站在一块裸露在外的钢筋混凝土上，眼中无喜无悲，那些人类拥有的感情似乎渐渐从这具躯体中脱离。

“当那个人想回去的时候，却发现两个世界的入口已经被一扇沉重的大门封堵上了，他被永远地困死在这个死寂的镜子世界中……”

银色漩涡在天空中疯狂地旋转着，不知什么时候那个恐怖的“中心”慢慢移动到他们的头顶。一个恐怖的白光正在缓慢凝聚。

废墟中，李尧踱步过来，解下自己外套搭在陶陶身上。

陶陶一动不动，身子却在微微颤抖，她怔怔地看着林新，看着那个陌生又熟悉的身影，一道浩大璀璨的光柱在那个身影的头顶缓缓成形。

“原来是他的影子贪恋真实世界，将那个通向镜子世界的‘镜子’放进了衣柜中，也堵死了他回家的路，然后以他的身份在真实世界中继续生活。”

林新静静眺望着远方，似乎完全没有留意到头顶那个即将到来的光柱。光柱下他的身影显得格外渺小，他突然笑了一下。

“男子一个人生活在镜子世界中，不知过去多少年，直到有一天，他看到两个世界的入口处那扇门又重新打开了。一个年轻人缩手缩脚地站在入口，好奇地看着里面，然后男子就像很多年前，就像自己影子所做的那样，轻声地喊：‘快进来啊，这里有你所不知道的世界。’”

话音中，那道恐怖的光柱轰然而下。

林新微笑着抬起头，在灼眼白光中，他的脸庞显得格外苍白，他微笑着，目光平静地看着那道足以撕裂天地的光柱。

陶陶和李尧情不自禁地随着林新的目光，往头顶的天空望去。

目光中，光柱轰然而下，就在接触到下面那个人影的瞬间，停滞下来，层层倒退，顷刻间没回中心，紧接着以那一点为中心，那些滚动的漩涡，流动的银带，瞬间静止，触目可及的广大天空，那个巨大的银色漩涡天空，静止得就像一面光滑的镜子。

完美，无暇。

“砰——”

似乎是从哪里响起一阵脆响，整个天空一瞬间出现数以万计的裂痕，不只是天空，脚下的大地，蔓延至远处的高楼大厦，铁轨飞架，山川湖海，直至视线的尽头，城市的尽头。

就像是一个虚假的世界被扯下了帷幕。帷幕背后，一个真实的世界终于重现天日。

那是一个怎样的世界呢？

林新目光恍惚地看着远处，断裂的大地，上面遍布着裂痕，疮痍满目。崩塌的高楼，透着锈迹的钢筋，残破的大桥，只剩一半坠入干涸的江底，江底是……

他微微合上双目，似乎还能看到那满目的白骨森森，断肢残骸。

在这一片疮痍之上，一座硕大的三棱镜结构，高达数百米，孤独地屹立在黑暗的大地之上。

这是一座废墟中的城市。

这是一座镜面城市。

87

李尧默默看着眼前的男子，他的身形倔强地站在废墟之上，边缘处逐渐泛起一丝漆黑，深沉如渊，是那种极致的、吞噬一切光线的黑暗，“林新。”

男子木然转动眼睛，似乎这样还能证明他身上还有一点属于“人”的痕迹，他目光缓缓转向废墟中的女子。

女子双手支地，她整个身躯，头颅以下都已经变成那种瘆人的深蓝色，就像濒临破碎的瓷器。

林新声音沙哑地说道：“你的身体不可逆镜面化程度已经达到90%，再这样下去，你会死的。”

陶陶眼中一片死寂，似乎她的心已经随着自身逐渐镜面化的肢体一样冰冷，唯一支撑着她的是瞳孔中跳动着的不甘，她看着林新，一字一句道：“你什么时候发现不对的？”

林新默默地看着这个女子，说：“我第一次下楼的时候，那时天空还没有任何异象，唯一有异象的就是小区里面有很多变成镜体雕塑的人，包括那个在我眼前跌倒的小女孩，当然，她最后直接在阳光下消失无影，什么痕迹也没有留下。”

“后来我被你拉着回到公寓，紧接着棱体出现，我在棱体中看到的天空已经被14条巨大的光带所覆盖。”林新突然一笑，“短短不过半个小时的时间，镜面计划就发展到这种程度，是不是有点太迅速了呢？”

陶陶脸色一怔，艰难道：“可这样并不足以证明什么。”

林新点点头：“确实，毕竟镜面计划是超出常理的，有任何不合理的也可以解释，但就像李尧之前说的，棱体里面有太多人为因素：黄金分割比、玛雅数字……这些林林总总，就像是棱体背后有一个人在操纵布局，留下种种线索，让我们以为自己可以破解出来。”林新幽幽地说道，“其实就像李尧那时说的，我一直在想，如果当时我不去尝试破解棱体，七个小时后棱体是不是会自己解体。”

陶陶身子微微颤抖，她的脸上已经被一层淡淡的深蓝色物质所覆盖，看不清此时脸上的神色。

“可是我不能去赌，关于镜面计划，关于棱体，当时你和李尧毫无疑问比我更知情，所以我只能按照设置好的线索一步步去解密，直到最后棱体解体，出现那张光线图，暗示图书馆这个地点。”

“你还记得最开始我们见面的时候，你问过我无面者有没有对我说过什么话，其实那时我隐瞒了你们，他对我说的是永远也不要去图书馆，所以我后来一直在想图书馆里面到底有什么。”

“当我发现棱体最后指向的地点是图书馆，我明白无面者和棱体背后的人，其中必有一个在隐瞒真相。”

陶陶轻声说：“所以从那时起，你就不会去图书馆了吗？”

“那时我还没有怀疑到你。”

88

林新目光幽幽，继续说：“然后我们下楼，天空中的极端天气，身边的高楼大厦，整个城市似乎都已经镜面化，可是还有一个地方没有，至少说是相对正常的。”

林新缓缓闭上眼：“就是我租住的公寓楼，那里只是变成一个残破的半边楼，楼体并没有镜面化，所以那时我就在想镜面计划存在的意义到底是什么，真的是将一个城市镜面化，还是……”

“我想到一个很有意思的理论，观察者理论。就像是神话传说中，世界的存亡全在一个目光的开合之间。如果这个理论成立的话，那么只能说明，从楼体的毁灭到整个镜面计划的产生，都是建立在我“观察”的影响下。”

林新自嘲地笑了下：“只是这个想法实在太疯狂，太不可思议了，所以在地铁站的时候，当我发现瞬移点，还有永不停歇行驶的地铁，我就想做一个试验，验证自己是否真的具有观察者效应。”

陶陶身子一颤，抬起头问道：“就凭这个试验，你就这么肯定你身具观察者效应吗？”

“地铁试验确实为我证明了观察者效应的存在，也证明了李尧是不会对我说谎的那个人，但这一切都来源于一个前提……”

林新顿了下，轻声道：“你肯定会骗我的。”

89

林新默默地看着眼前的女子：“所以我想，镜面计划的开启时间并不是上午8: 00,也不是李尧以为的7: 50,而是当我们踏入棱体之后，或者说，当我见到棱体之时。”

“你用自己的镜面能力构造出我第一次下楼遇到的那些镜面化的人，让我以为镜面计划已经开启。随后在房间中，你用某些手段引出棱体，在上面布置线索，环环相扣，一步一步让我们以为图书馆就是最终目的地。”

林新抬起头，目光看着不远处，那个巍然屹立在城市中轴线上的三棱镜结构：“那就是镜塔吧。其实它根本不是在图书馆，或者说，它就在图书馆，也可以在任何一个地方。”

“在地铁站的时候，你知道我们一直在A00次地铁上相对行走，让我以为我们在前往图书馆的路上，直到我们行走了3个站点的相对距离。”

“其实镜塔，一直都在身边。”林新说到这里，突然有点意兴阑珊，“只是有句话我一直想问你。”他看着眼前的女子，轻轻道，“为什么呢？”

是啊，为什么呢，花了这么多心思，布下这样一个局，为什么呢，只是为了毁灭这么一个虚假的镜面城市吗?

……

死寂。

眼前的女子似乎完全变成了一尊雕塑，林新目光恍惚地看着她，仿佛又回到最开始见面的那次，她背对着他，也是如现在一般，沉默不语。

只是从那时起，她心中想的就是如何布局设计，一步步将自己引入设计好的局中，借自己的观察者身份去破坏那个镜塔吧。

在林新的注视下，陶陶缓缓抬起头："因为，我害怕啊。"她突然痴痴笑起来，"对于你来说，这个镜面城市是你生活五年的地方，是你的第二个家，可是你知道它对于我来说是什么吗？是一个监狱，将我和李尧困在这里整整五年的监狱！"

"五年的时间，你所接触到的一切人，这城市每天经过的千千万万的人，全部是我和李尧用自己的能力结合投影出来；你所听到的一切声音，都是已经被提前设计好的程序震动；你所见到的一切景象，都是基于废墟上的镜面投影。"

"这是一座空荡荡的、只有我们三个人的镜面城市。"陶陶声音颤抖着，如同杜鹃泣血，为林新说出一段已经尘封五年的往事。

90

五年前，一个普通的应届大学生来到A市，他以为迎接他的是四年美好的大学生活，却不知道迎接他的是一场前所未有的灾难。

灾难中，这座美丽的城市化为一座废墟，数以千万计的人死在了这一场灾难中。灾难中，那个大学生也觉醒了自己的能力。

他发现自己竟然是后来被人称为镜面人的奇异存在，而他的能力，更是镜面人中极其罕见的"黑体"。

这种体质的镜面人，自身如同黑洞一般，能源源不断地吸收周围的一切，从光线到物质、从自身到触目所及的一切。

他成为一个活着的人形黑洞。

所以他一手建立了一个汇聚镜面人的组织——Zero，以归零者自称，寻找可以解决自身体质的方法。

在此之后，为了不让自己的身体到达无可挽回的那一步，他建造了镜面城市。

以棱体和镜塔为中枢，在一片废墟中，以镜面能力构建了这个虚假的城市，同时寻找了两位守护者。

这两位守护者，一个可以将接触过的任何人或者物体转变为镜面材质，然后将其表面凹凸镜面化，投射自己放大正立的虚像。

一个可以改变自身皮肤角质层构造，控制自身皮肤介质的折射率，千变万化。

两种能力结合才能构成这个虚假城市中千千万万、形形色色的人。然后将自己的记忆和能力封印在镜塔中。

最后，他将自己设置为观察者，拥有镜面城市最高的权限。等到将来某一天，外界发现可以解决他体质的办法，守护者会前来告诉他。而棱体和镜塔，就是镜面城市的两把锁，只有他的观察者身份才可以打开这两把锁。

可是这世上哪有那么多的恰到好处。

其中一位守护者忍受不了五年昼夜不分的运行，借着自己对镜面城市的认识，提前引动镜面城市，并借助他的观察者能力破解了镜面城市的中枢之一“棱体”。

然后一步步将他引至那个不存在的图书馆，也就是镜塔所在地。

直到最后。

91

女子轻轻说完，最后一个字落下时，她整个躯体已经完全镜面化，深蓝色的物质彻底覆盖了她身体的每一寸肌肤，如同一尊凝固的镜面雕塑。

这座废墟上，从此永远多了一尊镜面雕塑，雕塑嘴角还残留着一丝微笑。

只是不知道是解脱，还是释然，或许也是绵延的恨和悔。

林新默默看着这个当初选定的守护者，轻轻俯下身。他喉结动了动，用微不可闻的声音说了声：“对不起，谢谢。”

谢什么呢，谢谢她五年来的陪伴，谢谢她五年来的付出，纵然最后……依然，谢谢。

林新抬起头，目光扫过一片荒芜的镜面城市，最后定格在眼前那个木讷的男子身上。

“当初的‘我’曾想给自己一个普通人的身份，忘记所有记忆存活下来，所以寻找到你们陪我在这个镜面城市中生活了五年，现在我已经找回了一些记忆，虽然还要借助这个镜面城市封印我的身体，但如果你想走，我现在就可以送你出去。”

他静静地站在废墟之上，身体边缘已经开始逐渐黑体化，死寂如深渊，寂寞如烟花，强大而孤独，冰冷而永恒。

李尧揪了揪头上的卷毛，嘴角僵硬地勾起，表示自己在微笑：“去哪儿呢，在这里待久了，感觉外面的世界还真有点不适应呢。”末了，又补充一句，“我还是蛮喜欢这个镜面城市的。”

林新深深看了李尧一眼，突然咧嘴一笑：“其实你笑起来还是蛮好看的。”

他转头，扫视了一圈周围的废墟，眼皮突然一跳，一个身影静静地站在远处，下一刻又消失。

林新揉了揉眼，却又什么也没看到，但他能感觉到，在某个奇异的地方，有一双眼睛隔着时空与他遥遥相望。

“无面者……”

他嘴角轻轻勾起：“那就陪我把这个镜面城市重新建立起来吧，让大地恢复生机，让高楼重新矗立，让大桥飞架南北，让这个镜面城市充满生机。”

“荣幸至极。”

镜面人

MIRROR MAN

第二章

01

葛希死了。

她死在20xx年9月28日上午8点的一场意外中。

当她离开医院门诊楼时，巨大的玻璃幕墙从几十米高空轰然砸下，如同最锋利的锐器刺穿她的身体，将她均匀地切成无数碎片。

现在，她浑身无恙地躺在太平间里，身上盖的白布看得她眼神一阵恍惚，好像之前发生的一切只是噩梦。

而旁边站着一个男子，他有一头微黄的卷发，身上穿着一件银色外套，熠熠生辉，看起来颇为奇特。

这是她消失五年的好友，也是导致她“死亡”的间接凶手——李尧。

02

时间回到20xx年9月28日上午7点40分。

葛希患有先天性疾病，医生诊断她活不过20岁。而她的生活一向很简单，在医院、家和学校之间三点一线，交际网除了同学几乎空白。

每个月她都会来 B 市第一医院进行必要的检查，只是今天前台的护士提示她收到了一个陌生人寄来的快递。快递里面只有一块用层层锡纸包裹着的乳白色石头。

葛希拿起那块乳白色石头。石头表面光滑如镜，摸上去就像在抓着一枚镜子，有种奇特的触感。

她好奇地把玩了半天，没有发现这枚石头有别的特殊地方，只是左上角有一块明显的缺口，似乎是缺失了一部分。

就在这时，兜中手机传来震动，打开屏幕，上面显示着一个正在呼叫的未知来电。

犹豫了下，葛希下意识滑向接听键，电话那头一个熟悉的声音响起："葛希，我是李尧，好久不见。"

确实好久不见，李尧是她从小认识的朋友，后来无故失踪五年，生死不明。

葛希还没来得及享受下故友重逢的喜悦，只听见电话那边再次传来："葛希，你现在有生死危机，接下来的每一步都按我说的做。"

03

葛希一怔，但她迅速冷静了下来，在确认电话那头确实是李尧后，她沉声道："这个快递是你送过来的吗？你怎么知道我的最新手机号？还有生死危机是什么？"

电话那头的声音干脆直接："我现在没有时间跟你解释，听我说，现在从左侧消防通道出去，沿着花园通过门诊楼……"

葛希轻咬下嘴唇，说道：“好，但一会儿你要跟我好好解释你这五年都去了哪里。”

电话那头的声音一如既往的平静：“乖，媛媛，按我说的做。”

媛媛是葛希的小名，只是已经有很多年没有人这样喊过她了。

葛希深吸一口气，抬起头，快速扫了下周围。她现在还站在住院部的大厅中，虽然医院才开始上班，但是身边已经人来人往，看起来一片喧嚣。

那么李尧口中说的生死危机到底指的是什么？这家伙以前从来不像会开玩笑的样子，要是他失踪这五年能开窍就好了。

葛希心中想着，脚下步伐不停，她的性格一向是确定要做一件事情就雷厉风行，虽然现在这个事情看起来非常荒诞。

快速通过走廊、花园、门诊楼，不知道是不是葛希的错觉，在她经过门诊部前那面巨大的镜子时，一种莫名的被窥探感浮现在心中。

余光可见，镜子的表面似乎浮现了一双眼睛，平静地看着她。

“或许是错觉吧。”葛希心中想着，迈出诊楼的大门。

下一刻，一道怪异的声音从头顶响起，葛希下意识抬头，只看到门诊楼上那面巨大的玻璃幕墙向她砸来……

04

葛希猛地一怔，从记忆中回溯过来。

她转头看着身边面无表情的男子，咬牙道：“李尧，到底发生了什么？”

记忆中那场意外，那遍布全身的疼痛是如此深刻清晰，仿佛印入灵魂深处，自己难道真的死而复生了？而身边这个五年未见的好友，又在其中扮演着什么角色？

李尧平静地看着葛希，问道："你相信这世上有存在你所不能理解的事物吗？"

葛希一愣，目光重新打量着身边这个相交多年的好友。

在她的目光中，李尧裸露在衣服外面的皮肤逐渐呈现出一种深蓝色的光泽，就像镜子的反光。

隐约透过他的衣服，看到他皮肤下面的肌肉筋膜，看到他身体内部的器官组织，骨骼脉络，甚至是血液的汩汩流动。

然后他面色平静地说："重新认识一下，我是镜面人。"

05

葛希心神巨震地看着李尧身上出现的诡异变化，不过他的这种变化只维持了短短一瞬，又恢复成正常人的模样。

"镜面人，那是什么？"葛希看着自己的好友，下一刻，她眼中精光大盛，兴奋道："难道你是披着人皮的异形？"

李尧："……"

"镜面人你可以理解为一种异能者，因为我们的能力表现形式多与镜子相关。"李尧眼皮抖了下，感受着身边那个女子炯炯炙热的目光，又想了想她以往的为人，难得地心虚道，"你似乎一点也不……惊讶？"

葛希目光中散发着狂热之色，似乎重新认识了自己的这个好友："惊讶？我只是惊讶你为什么不早点告诉我你是镜面人。"

李尧："之前你也没问过我。"

葛希又打量了下李尧，忍不住想将他按下去拿把手术刀解剖下，看看内部的结构是不是异于常人。

李尧默默地用一只手拉上衣领，顺便揪了揪头上的卷毛，依旧面不改色地道："葛希，如果没什么意外，你现在应该也是镜面人了。"

06

"什么？"葛希上下打量着自己，"怎么可能？我没发现自己有什么不对劲的地方。"

下一刻，她眼中一抹精光："难道是之前快递收到的那块乳白色石头？"

李尧点点头："你可以称它为'镜心'，这是一种很稀有、也很奇特的物质。"

葛希目光中的好奇越来越重："阿尧，我想问你三个问题。"她没有等李尧同意，自顾自地说道，"一，镜面人一般的产生机制是什么？二，那块乳白色石头，也就是镜心，可以将普通人变成镜面人，难道以前有人就是通过这种方法成为镜面人的？三，镜心是你送来的吗？"

说完后，她抬起头，静静地看着李尧，似乎这个多年的老友一定会回答她。

"第一个问题，正常情况下，镜面人的出现更像是基因突变导致的自发过程。在这个过程中并不会有特殊的生理反应，有可能是大病一场，或者心情大起大落，也有可能一觉起来，没有特殊的规律可循。"

"第二个问题，通过镜心成为镜面人的，你应该是我知道的第一个人。”

葛希微眯双眼：“你的意思是，如果我没有成功转化为镜面人，现在已经死了吗？”

“这是第三个问题了。”

李尧沉默了下，继续说道：“不会有这种可能，因为推测出镜心可以将普通人转化成镜面人的那位，是绝对不会拿你的性命做赌注，除非他有必赢的把握。”

葛希更加好奇了：“你说的那位是谁？”

“就是你那位离家多年、音信全无的父亲。”

07

父亲这个词对葛希来说有点陌生。

她小时候母亲病逝，对那个一手拉扯她长大的男人的印象只停留在一个醉心于医学研究的教授，一个平日里聚少离多，身上永远穿着白大褂，总是一丝不苟专注于工作的男人。

只是纵然那个男人已经是业界享有盛名的权威，还是无法解决葛希身患的先天性疾病，无法摆脱那个活不过 20 岁的诅咒。

而在葛希 9 岁的时候，他更是离开葛希，音信全无，算来已经有 10 年时间了。

今年葛希 19 岁，还有几天就是那个 20 岁的诅咒，可偏偏在这个时候，那个男人寄来了一块神秘的镜心，将自己变成镜面人。

葛希看着脖子上挂着的那个硬币模样的挂坠，上面阳刻着一个西方男子的头像，这也是他送给自己唯一的纪念物。

恍惚中，记忆中的那个身影，似乎笼罩着太多太多的秘密。

她突然想起什么，问身边这个幼时的好友："今天是几号，距离我出意外多久了？"

"现在是9月29号上午10点，你昏迷了25个小时57分。"

也就是说镜心将她转变成镜面人花了差不多一天时间，此时距离她20岁生日，只有不到14个小时了。

耳旁传来李尧平静的声音："我知道你有很多疑问，关于我这五年去了哪里，关于你那位父亲在离开你的这些年到底去干什么，我会在合适的时候跟你解释，只是现在还没到时候。"

葛希深吸一口气，抬起头："好，不过关于镜面人我还是不能明白到底是怎样的一种存在。"

李尧想了想，说："镜面人，你可以理解为拥有与镜子有关能力的人。我、我们与常人外表并没有太大不同，只是我们的生长发育在自己镜面能力觉醒的那一刻已经完全静止。"

"具体点，你以后不会再有生理期了。"

08

葛希脸上难得闪过一丝红晕，嗔怒地看了眼李尧，追问："那镜面能力具体是指什么？我怎么才能发现自己的镜面能力？"

"镜面能力包含的范围比较广，就我所知，有控制自身皮肤角质层镜面化，也有将接触到的物体变为镜面材质，还有一些可以将自身化为自主意识控制的液态玻璃，在液体和固体间任意转换……"

李尧感觉到身边越来越炙切的目光，不自觉又提了下衣领，顺便揪弄了下卷毛，小声道："当然也有一些比较无聊的能力，比如将自己的膝盖转变成镜子，这样平时方便骨折，或者将自己的一只眼球全部变成镜子材质，看起来会像安了玻璃球一样。"

葛希熟练地翻了翻白眼，听着李尧继续说："至于你的镜面能力，这个只能你自己去发掘。"

"阿尧，那你的镜面能力是什么？"

李尧沉默了一会儿，说："这个以后再给你详细展示吧，不过有一点我要跟你强调下。"他目光缥缈地看着前方："这世上没有平白无故的能力，得到就意味着失去。如果你过度使用自己的能力，就会导致自身不可逆转的镜面化，具体表现就是……"

"身上会出现那种深蓝色、类似镜子一样光滑的物质吗？"葛希道。

"呃，你怎么知道？"李尧诧异地看了眼葛希。

葛希手指着一边："你看那个人。"

李尧顺着葛希手指的方向望去，只看到一个陌生的男子站在远处，全身都笼罩在一件巨大的黑衣下面。

他的脸庞被埋在高高的衣领下方，隐约看到他无意间裸露在外面的肌肤，被镀上一层深蓝色、光滑如镜的色泽。

那个男子的嘴角微微上扬，不见他开口，声音似乎从四面八方折射而来："传说中的镜面人，追随永恒的使徒——欺骗者，您好啊。"

09

那个男子缓缓抬头，他的脸庞完全呈现在两人眼前。

那是怎样的一张脸啊！

那张脸被划分成两半，一半是正常人的肌肤颜色，另外一半已经被一种极致纯粹的深蓝色物质所覆盖，看上去就像带了半边冰霜面具，面具下面仿佛生出触角，一直延伸到他的脖颈和耳根之下。

“这个名字我很久没有用了。”

李尧沉默了下，问道：“你在组织里的名字是什么？”

“您可以称我为‘虚无者’。”

那个突然出现的男子微微一笑，只是他的眼神冰冷如寒霜，死寂如深渊，配上他怪异的外表有种阴森恐怖的感觉。

他轻声道：“伟大的欺骗者啊，您不是追随那座传说中的城市，追随那位传说中的存在而去，为什么又选择重新回到人世呢？”

葛希看着这个自称“虚无者”的男子，他的声音带着一种咏叹调的腔调，目光中隐隐透露出一丝狂热的、如同信徒的疯狂。

他只是短短说了几句，但话语中的“欺骗者”“城市”“那位存在”，隐隐透露出不少信息。

“阿尧，这个男人好像对你很……”葛希面色古怪地看了一眼李尧。

李尧平静地看了一眼葛希，木讷道：“我的性取向很正常。”

虚无者轻轻躬身，他目光转向一旁的葛希，鼻翼抽动了几下，用一种梦呓的语气道：“伟大的欺骗者，我从您身边这位女人身上闻到了‘镜心’的味道，我诚恳地请求您……”

“不可能。”李尧漠声打断，“你既然知道我的身份，就应该知道现在该怎么选择。”

虚无者脸上的微笑凝固了一会儿，道：“欺骗者的伟大，就像那高高在上的星辰，我自然是不敢违逆您的意志，只是……我听到一个有趣的传言，进过‘那座城市’的镜面人，都会将自己最重要的东西留在那里，换句话说，现在的您既然已经出来，还拥有多少曾经的实力呢？”

他的脸色突然涌起一种怪异的色彩：“纵然高高在上的星辰烈日，也有熄灭光彩、坠落凡尘的那一天，如果传说能终结在我的手中，也是一种荣幸啊！”

随着他话音的落下，房间中突然闪过一丝幽深惨淡的白光。

葛希不禁眯上双眼，然后抬起头，看到了身边不知什么时候密密麻麻地挤满了人影。

他们每个人的衣着打扮甚至是身高体型，全都变得和虚无者一模一样，就像是从一面镜子里投射出来的。

然后他们同时抬头，脸上带着相同诡异的微笑。

10

“这是什么？”

葛希看着面前密密麻麻的人影，他们就像虚无者的镜像投影，只是脸上没有那半边恐怖的镜面化痕迹。

“这是他的镜面能力，类似于分身幻象。”李尧伸出手拉着葛希，“跟着我。”

葛希手心一紧，被一只有力的大手紧紧攥着，她脸色微微一红，眼前李尧的身体不动声色地上前一步挡在她面前，下一刻周围那些密密麻麻的人影同时跃到半空中。

房间中的光线在这一刻似乎被一种未知的力量干扰。葛希眯着双眼，视线中央，李尧的身体突然变成一种极致纯粹的深蓝色。

那些密密麻麻的人影同时暴起，可是他们好像并没有发现近在咫尺的李尧和葛希，而是朝着一旁的空地疯狂地发起进攻。

那块空地上面的光线忽明忽暗，就像承受着什么诡异的变化。

似乎在虚无者的眼中，那片空地上的才是葛希和李尧两人。

葛希看着这不可思议的一幕，心中突然想到之前虚无者说的“欺骗者”，难道李尧的能力就是通过皮肤角质层的镜面化，达到欺骗光影，进而欺骗视觉的效果吗?

李尧脚步不停，带着葛希来到大门处。他推开门，葛希回头望去，那些密密麻麻的人影不知什么时候已经停止攻击，他们安静地站在原地，似乎已经发现自己被欺骗了，一种极度的危机感突然涌上葛希心头。

下一刻，那些人影像水中晃荡的波纹，以一种不可思议的角度扭动着，重合在一起。

仅仅是瞬间，他们重组、融汇成一个百首百手百脚、不断蠕动着的巨大肉团，然后像气泡一样，轰然溃散！

11

“别看那些东西！”耳边响起李尧的声音。

可是葛希忍不住抬眼一睥，时间流速在这一刻诡异地变缓，就像气球爆炸，数不清的人影碎片遍及整个房间，包括李尧和葛希所在的这个位置。

其中一片似乎被葛希的目光所吸引，似慢似快地飘然而来，在葛希惊疑不定的目光中，轻轻落在她裸露的手臂上。

而李尧已经打开门，将葛希一把拽出去，在他回头时，目光正好看到那个人影碎片落在葛希身上。

人影碎片就像雪花一样，一闪即逝，似乎从来没有出现的样子。

葛希看了眼李尧，弱弱道："阿尧，这是什么东西？"

李尧脸上第一次失去那种平静，他脸上阴晴变化了几次，冷声道："不知道，可能是类似于追踪定位的一种手段。"顿了顿，又说，"我们现在先离开这里，像这种手段一般都有距离限制，等我们离开这里再想解决办法。"

葛希道："去我住的公寓里吧，那里应该是安全的。"

李尧"嗯"了一声，来到一辆早已经准备好的越野车上，两人一前一后上了车，李尧发动汽车，油门瞬间踩到最大，越野车咆哮着，像一匹脱缰的野马冲了出去。

12

葛希手臂上传来微微的冰凉感觉，似乎之前的人影碎片就像油锅里掉进去一片火星，正引动着不同寻常的变化。

葛希悄悄看了开车的李尧一眼，他面无表情，双手抓着方向盘，浑身上下不知道什么时候又变成那种极致纯粹的深蓝色，越野车在马路上飙行。

"我知道你有很多疑问。"耳边传来李尧的声音。

"是。"葛希说着，又突然一笑，"可我相信你不会害我。"

李尧一怔，他没有扭头，但他能感觉身边的女孩在看着他。

"我还记得上小学的时候，别的孩子总说我是个没有妈妈的孩子。

那时我最讨厌下课，因为一下课大家都聚在一起嬉戏，只有我一个人坐在椅子上，不知道该躲到哪里。”

“我坐在自己的座位上，听着别的孩子嬉戏的声音，坐了一会儿又站起来。我还记得桌子很凉，我双手支撑在桌子上，能感受到他们的身影在我眼前晃来晃去，可我这里又这么安静，这种极静的感觉，就像我的童年。”葛希背靠着椅子，嘴角微微上翘，“那个时候我没有什么朋友，只有你肯将自己的零食分给我。”

李尧在女生梦呓般的追忆声中，脚下油门一次次踩到最大，一路上不知道穿过多少红绿灯，耳中只有越野车发动机的运转声。

葛希看着前方密密麻麻的车辆，那些横阻在前方的汽车在一种奇异的光影扭曲下，变动着自己的位置，为他们留出一条畅通无阻的大道。

而在她没有看到的地方，她的小手臂上不知什么时候蔓延出一道细如发丝的红线。红线在手臂上蜿蜒盘旋，就像有生命般悄然生长。

13

随着轮胎与地面刺耳的摩擦声，越野车停在了一栋公寓楼前。

葛希轻车熟路地带着李尧上楼，打开房门，这是一个 LOFT 设计公寓，里面床、电脑、冰箱、厨卫，应有尽有，看起来麻雀虽小五脏俱全。

厨房中的高压锅还上着压力阀，似乎在炖煮什么东西。

葛希伸出手摆出一个请的姿势：“这是我住的一间公寓，离刚才医院的直线距离超过 10 公里。在这样一个距离下，就算虚无者真的拥有追踪定位的能力，应该也一时无法发现我们。”

李尧扫了眼房间，房间布置得干净整洁，墙上随意地贴着几张音乐会的海报，下面还有一个用红笔着重标记的倒数天数。

“你的生活看起来还蛮有趣的。”

葛希一边掩上门一边回头笑道：“对啊，我自己一个人生活，不把日子过得美美的亏待自己多不值。”

李尧目光微微一闪，没有接话。

“之前那个虚无者口中说的组织、欺骗者到底是什么？”葛希惬意地躺在沙发上，伸了个懒腰，歪着脑袋看着李尧，“阿尧，你还有好多事情都没有跟我说清楚。”

“组织的全称是Zero，成员是遍及世界各地的镜面人。”李尧依旧脸色平静，“我、刚才的虚无者，还有你的父亲，都是这个组织的成员。”

葛希好奇道：“那个人也是镜面人吗？”

葛希没有说出名称，但是李尧已经知道她指的是谁，这么多年过去，葛希始终不能释怀那年她父亲的不告而别，连名字都不愿意说出来，只用“他”“那个人”来代称。

他摇摇头：“你父亲不是镜面人，只是他的研究方向是组织所需要的，他也有一些个人的目的，所以被组织吸纳进来。”

葛希抬头又问道：“那你呢？为什么虚无者会称你为欺骗者？他为什么会来找到我？”

“为了防止现实身份被泄露，每个组织的成员都有自己的代号，我的就是欺骗者，至于为什么虚无者会找到你……”李尧看着葛希，轻声道，“因为你父亲得到了一枚镜心，而镜心可以缓解虚无者自身的不可逆转镜面化。”

14

“你不是很好奇我之前五年时间去了哪里吗？五年前，我发现自己是镜面人身份，同时被组织吸纳进来，前往‘那里’，一直到最近才有一点空出来。”李尧坐在椅子上，看着葛希缓缓道来，“当我出来后，你的父亲首先联系到我，他不知在哪里找到一枚镜心，而且发现了镜心的用途。”

他一边说一边摊开左手，几点深蓝色的光点在他的掌心上不断跳跃凝聚，就像砂砾一样汇聚成一个奇异的结构。

那是三座三棱镜结构的建筑，它们彼此组合成一个奇异的立方体群模样，悬浮在半空中，如梦如幻。

“媛媛，你知道镜心是怎么来的吗？”

葛希好奇地看着这个奇异的结构：“难道就是因为这个东西？这是什么？”

“镜心只是这个造物的衍生品，我们一般称它为‘镜塔’。”

葛希诧异地看了一眼李尧，印象中这个一向无悲无喜、冷静到近乎木讷的男子，语调难得起了一丝波澜。

李尧嘴角勉强扯出一个弧度，接着说道：“镜塔是一种奇异的造物，没人知道它们是怎么诞生的，是先天还是人为，但是有一点，镜塔对于所有镜面人都有致命的吸引力，就像生物的趋光性，那是一种源自基因深处无法控制的渴求，而作为它的衍生品——镜心，对于镜面人来说意义就更加复杂。”

葛希心中一动，镜面人的能力诡异莫测，只是有一柄达摩克利斯之剑悬挂在所有镜面人头顶，那就是过度使用镜面能力导致的全身不可逆转镜面化。

之前见到的虚无者身上就出现了这种不可逆转的镜面化，如果说镜心可以缓解，或者说根治，解开镜面人能力的限制，那么……

想了想，葛希问道："镜塔一共有多少座？还有这种镜心很难得到吗？"

"全世界目前已经发现的镜塔一共有三座，Zero组织创立之初，那位创始人——归零者不知从哪里找到了它们，而Zero组织的标记就是这三座镜塔交汇而成的立方体群。"

李尧目光出神地看着手中的立方体群幻象，摇摇头，反手熄灭幻象："在归零者前往'那里'的时候带走了一座，另外两座也是在那时消失不见，等我回来发现你爹不知从哪里找到一枚镜心，想来他是发现了一座镜塔。"

葛希目光中泛着一丝光芒："那之前虚无者口中说的你，这五年时间到底去了哪里？你又为什么对镜塔，还有镜心这么了解呢？"

15

葛希饶有兴致地看着这个自己的幼时好友。

五年时间不见，再见面的时候他已经成为镜面人，还有那个"欺骗者"的称呼，他在那个神秘的镜面人组织中又扮演着什么角色？

李尧提了提衣领，道："嗯……我这五年去了一个很重要的地方，完成一件很重要的事情。"

葛希熟络地翻了翻白眼："你这说了跟没说有什么两样，而且听虚无者说，你现在好像身体还有什么隐患？"

李尧尴尬地揪了揪头上的卷毛："其实还好，只是现在能力可以动用的比较少，如果正面应对虚无者应该是只有跑的份。"

他看着葛希眼中越来越重的好奇心，飞快地揪动了几下头上的卷毛，连忙岔开话题："在此之前，我们还是好好想想你的问题吧。你通过镜心变成镜面人，虽然现在还没发现你的能力，但是你的身体构造，或者说生理代谢，已经和镜面人一般无二了。你知道这件事情如果传出去会有多大的影响吗？"

葛希思忖道："难道会有人以为我掌握着三座镜塔其中之一的下落吗？"

她看着李尧，摇摇头，心思转动下，脸色陡然一变。

如果按照李尧之前所说，所有镜面人都是自然诞生的，而她是第一位由镜心后天转化成的镜面人，再加上镜心独有的可以缓解镜面人能力限制的能力，那么这两个事情相结合，产生的影响简直就是颠覆性的，绝对不能让第三个人知道。这种后果让葛希略微一想就浑身发冷。

可是，葛希打量着自己的手心思考着，自己的镜面能力又体现在什么方面呢？目前来说，她并没有感觉自己与之前有什么不一样。

就在这时，李尧轻声道："听了这么久，出来说说你的想法吧。"

葛希愣了一下，顺着李尧的目光望去，房间的角落不知什么时候多了一个人影。

他穿着一件巨大的黑色大衣，脸庞被埋在高高竖起的衣领下，赫然是之前虚无者的模样。

16

不对。

葛希又仔细打量了那个突然出现的男子，虽然他的五官长得和之前的虚无者一模一样，但是在他的脸上并没有之前虚无者那种恐怖的镜面化趋势。

而且给人的感觉也完全不一样。

这张脸庞的主人是一个面庞白净甚至是有点秀气的年轻男子。

他发现自己的踪迹已经泄露，哆嗦了下抬起头，缓缓走来。

还没走两步，这个拥有和虚无者一样面孔的男子突然站在原地不动，脸庞接着埋进深深的衣领下，让人捉摸不透他的目的。

“你站在那里做什么？”葛希看着这个突然出现的男子，心中隐隐有一个匪夷所思的猜测，问道。

那个男子沉默了一下，小声道：“我怕你们对我心怀不轨。”

葛希：“……”

葛希看了下那个男子堪比虚无者粗壮健实的身躯，无奈地说：“那你先过来。”

……

“你是虚无者？或者说你是虚无者的一部分？”

葛希听着那个男子的自述，饶有兴致地打量着这个男子，他看起来外表和虚无者一样，只是性格有点内秀，嗯，直白点说就是“娘”。

那个男子畏畏缩缩地站在一边，双手不经意地捏着衣角，看得葛希眼皮直跳，接下来他的一番话让李尧也产生了兴趣。

“虚无者应该称为我的主体，他过度使用自己的镜面能力导致自身出现不可逆转的镜面化，在之后的一次反噬中，他分出的镜面投影拥有了自我意识。”

在那个男子断断续续的叙述中，葛希总算听明白了事情的来龙去脉，她重新打量着这个男子，说：“也就是说你是虚无者的镜面投影，只是因为他的镜面能力反噬，还有一些你也不知道的原因，你产生了一丝自己的意识，并且拥有虚无者的一部分记忆吗？”

那个男子弱弱地点头，如同一只受惊的小兽看着葛希和李尧。

葛希“哦”了一声，扭头问身边的李尧：“阿尧，你觉得他说的这种情况可能存在吗？”

李尧也有些意外地打量着那个男子，道：“镜面人本身就是一种有违常理的存在，不过听他说的情况应该是可能存在的。”

那个男子感激地抬头看了李尧一眼，发现对方自顾自地揪弄着头上的卷毛，又小心翼翼地打量着葛希的脸色。

葛希若有所思道：“阿尧，镜面人的镜像投影一般能维持多长时间，这个家伙不会一到时间就“砰”地消失了吧。”

17

葛希一边说着，一边双手向两旁夸张地展开，吓得那个男子浑身一缩。

李尧：“一般镜像投影最长只能维持 30 分钟，但像他这种意外……”

那个男子眼中一亮，充满希冀地看着李尧。

李尧断言道：“应该不会超过 12 个小时吧。”

那个男子脸上瞬间苍白无血，嘴皮哆嗦着似乎随时都要晕倒过去。

葛希：“你是怎么知道的？”

李尧：“猜的。”

……

“那我们该怎么称呼你呢，虚无者的镜像投影？”

葛希好奇地打量着这个男子，像他这种情况简直匪夷所思，不过既然镜面人这种超自然人种就都出来了，投影成为活体也不是不能接受。

那个男子道：“就叫我罗影吧。”

“你既然是虚无者的镜面投影，为什么要跟着我们？而且你跟着我们，虚无者不是很快就会知道我们的踪迹？”

罗影脸色“唰”的一下变得苍白，弱弱回道：“我太了解我的本体了，虚无者如果发现我的存在一定会吞噬我，跟着你们至少还有一线生机。”

他目光惶恐地看着葛希翻着白眼，连忙道：“其实我是很有用处的。我拥有虚无者的一部分记忆，也知道你父亲的事情，更何况，即便是没有我，虚无者也会很快找到你们的。”

“为什么？”

罗影咽了口口水，小心翼翼地说道：“之前在医院的时候，你身上不是粘了一块虚无者的投影碎片吗，他可以借此来定位你们的位置。”

葛希脸色一沉，她举起手臂，袖子里面，原来白皙的手臂上，不知什么时候出现一个诡异的图案。

那是一串由血丝交汇而成的英文字母。

18

葛希怔怔地看着自己的手臂，上面几道淡淡的血丝汇聚成“HIPPO”的字样。

李尧脸色一沉，仔细地察看着葛希手臂上的异状，对罗影道：“虚无者的投影碎片如果附在人身上会产生这样的英文符号吗？”

罗影紧张地摇摇头：“不会，什么痕迹都不会出现。”

李尧微微皱起眉头，又看了下葛希，问道：“葛希，你现在身体感觉有什么不对劲的地方吗？”

葛希认真感受了一下，她从小体质比常人弱，可是现在身上的精力似乎比起以往好了许多，胸口之前隐隐的疼痛也消失不见，摇摇头说：“没有。”

她看着李尧，问道：“阿尧，你说这个英文字母会不会是……那个人，留给我的话呢？”

李尧一愣：“你的意思是？”

“我是想，或许虚无者的投影碎片只是一个引子，将镜心中隐藏的信息以这种方式展现在我身上。”葛希展颜一笑，“毕竟他对镜心了解这么多，又交代你将镜心送给我，总要交代几句话吧。”

李尧沉默了一会儿，问道：“你知道这串英文有什么暗示吗？”

葛希伸手从脖子上取下项链，在手中把玩了下，然后递给李尧。

那是一个硬币模样的吊坠，上面刻着一个西方男子的头像，立体的五官，有点像古希腊雕塑的风格。

“这是那个人送我的吊坠，上面的人物是希波克拉底，西方的医学之父，他的名字缩写就是‘HIPPO’。”

19

“希波克拉底？就是那个说出神圣医学誓言的人吗？”一旁罗影眼巴巴地看着葛希和李尧两人自顾自地说话，难得插上一句。

葛希点点头：“你对这个也有研究吗？”

罗影连忙摇摇头：“没有。我只是想起之前虚无者也在哪个地方翻过这个宣言，是一本很厚的书，好像是关于医学的，我对医学不感兴趣，倒是对音乐这方面有些记忆，说到音乐，就不得不说勃拉姆斯的浪漫主义交响曲……”

“等一下，你说虚无者在哪里翻过这个誓言？”李尧突然出声问。

罗影身子一颤，这个身高一米八的大汉以一种不符合他体型的柔弱声音小声说：“我记得虚无者曾经去过一个地方，那里面有很多书。”

李尧皱了下眉头：“有具体特征吗，比如墙壁颜色、房间布局之类的？”

罗影沉思了下：“有很多比较厚的书。”

葛希翻了翻白眼，扭头看了眼墙上挂的时钟，惊讶道：“呀，原来都已经下午5点了，我下午出门前焖的鸡块算算时间也快熟了。”

罗影下意识抖抖鼻子：“要不希姐你先去看看火候？”

20

“首先，这个房间有很多书，然后它们全部放在几个架子上，架子的颜色是原木色，书籍按照专业类型划分好区域，看起来像是一个藏书室或者图书馆，是这样吗？”李尧揉了揉蓬松的头发，对罗影询问道。

罗影忙不迭点了点头，然后眼巴巴地看着李尧道："别的我就真记不起来了。"

"你说的这些内容完全不具有筛选性。B 市有 549 家书店、69 所大学、662 个书屋及自助图书馆。这里面每个地方都符合你上面所说的情况。"

罗影颓废地低着头，目光无神地看着厨房。

厨房门口半掩，不时传来阵阵翻炒的声音，一股香味隐隐从门缝中飘来。

罗影鼻子灵巧地抖动了几下，喃喃道："希姐，你在做什么菜啊？"

"啊，忘记关门了。"葛希身上系着一条白色围裙，上面还有一个 Hello Kitty 的图案，她匆匆忙忙伸出手关上门，隐隐听到她在里面喊，"你们先聊，我马上就搞定了。"

……

"希姐，这是什么？"罗影艰难地吞咽了口口水，看着眼前黑乎乎的一盘东西，又看了下一旁淡然拿起筷子挑拣着的李尧，最后把求助的目光放在葛希身上。

葛希嘴角露出一丝矜持的微笑："这是土豆炖鸡块啊。这里的土豆每一块都是我在油锅里煎炸过的，鸡肉也是在超市买的没有骨头的那种。"

说完她又矜持地笑了下，深情款款地看了眼李尧。李尧继续面无表情地拨动着筷子，顺便腾出一只手揪了揪头上的卷毛。

葛希翻了翻白眼，拍拍手，开心道："那就先庆祝下今天这个美好的日子吧。"

罗影好奇地看了葛希一眼："希姐，今天是你生日吗？"

一旁的李尧闻言也停下筷子，目光看着葛希，轻声道："今天就是你 20 岁生日吗？"

21

葛希从小体弱多病，患有先天性疾病，不知看过多少医生，但这种病无法被根治，医学界普遍认为活不过 20 岁。虽然现在葛希已经被镜心转化为镜面人，但是对这种绝症到底有没有效，谁心里也没有底。

葛希看着对面两人的目光，笑着说："现在才下午 2 点，还有 10 个小时，过了 0 点才是 20 岁生日呢，而且……"她歪着脑袋道，"虽然医生说这种病活不过 20 岁，但又没说 20 岁生日当天一定会完蛋啊。没准我还能再喘个一两个月，或许一两年呢。"

"啊，对了，我还买了两张维也纳剧院音乐会的票，时间正好是今晚，不知道一会儿还有时间去没有。"

李尧"嗯"了一声没有再说话，低着头，接着向面前那盘烧得漆黑的土豆炖鸡块发起了进攻。

他吃得飞快，没过一会那盘土豆炖鸡块就被他消灭了七七八八。

葛希双手托脸也没拿筷子，静静地看着李尧吃，突然又想起什么扭过头对罗影眨眨眼，道："小罗，你不尝尝吗？我以前可是经常做给李尧吃的，你看他吃得多香呢。"

罗影尴尬地笑了下，看着眼前那盘黑暗料理，咬牙切齿地夹了一块鸡肉，颤颤巍巍地放到嘴边。

在葛希殷切的目光中，他突然灵光一闪，一拍脑袋：“对了，我想起来关于那本书的一点细节，虚无者看的那本书，封面是厚厚的黑色牛皮包裹，里面的纸张看起来有些泛黄。啊！还有，封面上的书名是烫金字体。”

李尧停下夹菜的筷子，抬头看着罗影：“你确定吗？”

罗影连忙不动声色地把鸡块丢到面前的碗里，然后点点头。

“听你的描述，这本书像是1972年出版的《希波克拉底誓言》。”葛希在一旁回忆道，“我记得这本书好像B市只有一个地方才有。”

“哪里？”两个男人异口同声道。

22

“葛希，你确定那本书就在你们学校的图书馆里吗？”李尧看着面前巍然屹立的大学图书馆楼，对身边的葛希道。

他们三人在葛希的公寓中得知了关于图书馆的这条线索，简单收拾了下就马不停蹄地赶过去。

此时还是下午，从外面看可以隐约看到里面人影，只有学生翻动书页和轻声走路的声音。

葛希“嗯”了一声：“这本书其实是那个人之前收藏的，只是后来他捐给了自己的母校，也是我的学校。”

罗影好奇道：“希姐，你说的那个人是谁啊？”

葛希低着头，冷不防狠狠踹了罗影一脚，这个一米八的大汉惨叫一声，像只受惊的兔子抱住自己，呆呆地看着葛希径直进了图书馆。

李尧静静地看着葛希的背影，他目光微微闪烁，突然想到很早之前那个跟在自己身后的小女孩，抽泣着亦步亦趋的样子，无声地叹了口气，摇摇头，和罗影一前一后跟了上去。

三个人在偌大的图书馆里东拐西转，最后停在了一处书架前。这片区域的书架全部是原木色，类别是医学研究，似乎很少有人来这里看，书架上还有一层浅浅的灰尘。

罗影兴奋地说："对，就是这里，我在虚无者的记忆中看到的场景和这里一模一样！"

葛希和李尧同时扭头看向他，比了个嘘声的手势，罗影连忙把头缩到衣领下面，小心翼翼地看着葛希在书架前翻找着什么。

很快，葛希拿起一本书说："找到了，1972年版的《希波克拉底誓言》，虚无者看的应该就是这一本。"

这是一本很厚的书，书皮是黑色牛皮包裹，里面的书页似乎是太过久远的原因，已经微微泛黄，摸起来有一种历史的沧桑感。

葛希随手翻阅着这本书，里面的内容更多的是英文，主要讲的是希波克拉底提倡的古希腊职业道德。现在流传的医生道德规范《日内瓦宣言》就是建立在《希波克拉底誓言》的基础上。

"值此就医生职业之际，我庄严宣誓为服务于人类而献身。我对施我以教的师友衷心感佩。我在行医中一定要保持端庄和良心……"

葛希目光扫过卷首的这段话，微微闪烁了下，眼前突然又看到那个穿着白大褂、总是一丝不苟专注于工作的男人。

她摇摇头，继续翻阅着后面的内容，随着她的动作，一张照片模样的东西从书页中掉了出来，落在地上。

23

葛希心中一紧，捡起那张照片。

这是一张合影，看起来像是毕业照，上面一共有 19 个人，分 4 排 5 列站立，最左边一列只有三个人，但是背后有一面降了一半的旗帜。

他们穿着毕业服，每个人脸上都洋溢着笑容，对着镜头嘴唇微启，似乎在喊“茄子”。

只是这张毕业照似乎是很久之前的，照片的边角微微卷起，画质也有些微黄。

“这是什么？”

罗影好奇地把脑袋凑过来，和李尧一起打量着葛希手中捡到的这张照片。

“这是他当年的毕业照。”葛希看着这张照片，沉默了下，对李尧道，“当年我母亲也在这个班，和他是同班同学，两人毕业之后就在这所学校里留教。”

李尧点点头，顺着葛希手指所指，看到了一个戴着黑框眼镜、脸上满是微笑的男子，也就是葛希的父亲，只是这个时候的他一点也看不出来是之后那个一本正经的工作狂。

不过说来，葛希父亲之所以有这种变化，也是因为葛希母亲早年因病去世吧。

就像现在照片中的那个男子，虽然是在拍照，但是眼神却一直在往旁边那个女子身上瞄，嘴角带着溢于言表的笑意。

而那个女子，虽然面容有些模糊，但也能看出来她是一个温婉如水的女子，只是在她最美好的年龄过早离去，留下丈夫和尚且年幼的孩子。

李尧脸上不动声色地瞄了瞄身旁的葛希，葛希似乎发现了李尧的目光，抬起头，微笑着说："说实话我还是很难得见到一张母亲年轻时候的照片的，发现她比我记忆中还要好看一点呢。"

24

李尧伸出手轻轻拍了拍葛希的肩膀，嘴唇动了动，却什么也没说出来。

一旁罗影的声音突然响起："这张照片难道是虚无者留下的吗？"

"这张照片虚无者应该看过，但是当初留下这张照片的人应该不是虚无者。"

罗影看了眼李尧，道："尧哥，你的意思是照片的主人是葛希的父亲吗？那他留下这张照片有什么含义吗？"

李尧摇了摇头，没有说话。

葛希手握着那张泛黄了的毕业照，目光微微闪烁。如果这张照片真的是那个人留下的，他是希望通过这张照片告诉自己什么吗？而照片虚无者应该已经看到过了，他会不会已经破解了这张照片呢？

她仔细地端详着这张照片，这张照片看起来并没有什么奇特之处。那个人到底在通过什么样的方式暗示呢？

"口型。"罗影突然道，"这张照片上每个人的口型变化有细微的不一样，他们代表着19个口型，每个口型对应着一个音。"罗影在一旁贴心地解释道。

葛希仔细又端详了一遍，照片上19个人的口型确实有细微的变化，只是这种变化对一般人来说是视觉盲点，就像正常人看见照片，下意识会注意五官衣着或者眼神，而不会注意嘴唇的变化。

葛希略带诧异道："罗影，没看出来你还有这个特长。"

罗影脸色微微泛红："其实还好啦。本体的我学过一段时间唇语，所以对这方面比较敏感。而且，你没听说过一句话吗？通过嘴唇可以观看到一个人的内心。"

葛希："我只是跟你客套一下，说重点。"

"嗯，他们的唇语是音符。"罗影想了想，继续道，"这张毕业合照有 19 个人，分 4 排 5 列站立，他们每个人的口型对应着一个音符，左边第一列三个人口中的音符从上到下分别是 mi、la、xi，左起第二列、第三列、第四列，每一排三个人的口型音符都一样，从上到下分别是 so、mi、xi 、so。"

葛希："嗯。"

罗影殷切道："希姐，你有什么想说的吗？"

葛希："听不懂。"

25

葛希道："如果每个人的口型代表着一种音符，那么这张毕业照暗含了 19 个音符，是不是代表着一首曲子？"

罗影摇了摇头："如果只有音符，是无法得出它们代表什么曲子的，至少还需要旋律，而旋律凭借一张静止的照片是无法得出的。"

葛希浮想联翩起来："难道就不存在别的方法吗，比如骨传导感觉什么的？"

罗影小声道："我再想想。"

葛希翻了翻白眼，看着罗影拿着那张照片左看右看，心思一动：

“你的记忆应该是全盘脱胎于虚无者，既然你能看出来口型，那虚无者应该也能做到，或者说他已经破解了这张照片的秘密？”

罗影心虚道：“应该是吧。”

既然虚无者也破解了这张照片，那么为什么还会把这张照片留在这里，然后被他们发现呢？

葛希没有想出合理的解释，扭头看了眼身边默默揪弄卷毛的李尧，戏谑道：“头发很好玩吗？”

李尧的动作停滞了下，他默默放下手，把衣领拉起，对罗影道：“照片拿给我看一下。”

罗影将照片递过去，李尧打量着照片，随后问道：“你的意思是上面这19个人代表着19个音符，只是缺少旋律，所以无法推断出暗含什么曲子吗？”

罗影乖乖地点点头，李尧将照片又递给他，缓缓道：“我对音乐不是很了解，不过我感觉这张照片上的人排列的方式倒过来有点像五线谱的感觉。”

“你着重于局部，或许可以跳出来，从整体来看这张照片。”

26

罗影身子一震，重新打量起这张照片，这次过了一会儿，他兴奋道：“我明白了！”

“这张毕业照最左边一列的三个人，也就是mi、la、xi三个音，加上背后那一面降了一半的旗帜，这在音乐中意味着是C小调。而左起第二列、第三列、第四列，每一排从上到下分别是so、mi、xi、 so，这三列都代表着同一个和弦，右起第一列人的口型音符则是 mi、xi、so、mi，同样代表着一个和弦。”

葛希问：“根据这四个和弦还有一个 C 小调可以得出什么吗？”

“这是贝多芬《命运交响曲》里最经典的和弦。”罗影脸上羞涩了下，继续道，“我可以给你演唱下。”

葛希很干脆地拒绝了他，继而说道：“《命运交响曲》，也就是说那个人留下的这张毕业照是在暗示这首曲子吗？”

罗影点点头。

葛希翻了翻白眼：“男人果然麻烦，直接用文字说出来不好吗，绕这么大一圈。”

“葛希，你印象中，和他有关的地点，哪里与《命运交响曲》这首曲子有关呢？”李尧问道。

葛希目光微微闪烁：“想不出来，这个提示毫无头绪，我只知道我买的两张维也纳剧场音乐会的门票，里面好像就有一场是演出《命运交响曲》的。”

她低着头看了眼手机上的时间：“下午 5：50，我们现在出发正好来得及。”

所有人都没有发现，在葛希低头的时候，瞳孔中一抹深蓝色光芒一闪而逝。

27

B 市。

李尧看着眼前这座红灯笼模样的有着浓郁中国元素的建筑。此时天色已经逐渐暗淡，那座造型别致的剧场通体绽放着橘红色光芒，倒影映在一旁河水中，看起来如梦如幻。

“剧场是6：30开始，贝多芬的《命运交响曲》在第二场，也就是7点，我手上这两张票正好是靠近舞台的位置。”葛希站在李尧旁边，她静静地看着眼前的剧场，对李尧道。

“那个，两位大哥大姐是不是忘记我了？”罗影挣扎着从后面挤上来，“一会儿我怎么进去啊？”

葛希翻了翻白眼：“你就在外面等着，我们看完会出来找你。”

罗影脸色一黑，喃喃道：“要是虚无者找到这里怎么办？”

李尧将手掌伸到罗影面前摊开，里面是一片三角形的结晶：“这是我的镜面印记，你随时可以通过这个联系到我。”

罗影：“我怕……”

葛希伸出手在他肩膀上拍了拍，勉励道：“要学会独自面对问题。”

罗影：“哦。”

剧场中，葛希和李尧坐在座位上，舞台上已经开始了第一场钢琴曲的演奏。

一位琴师坐在钢琴前，手指在琴键上轻盈地弹奏，剧场的灯光随着音乐的起伏而变幻，音乐缠绵中带着三分幽怨，这是肖邦的《E大调离别练习曲》。

葛希看着眼前的音乐会，心中念头此起彼伏。

那个人用这么复杂的方式给出线索一路引导他们，到底为了什么？还有那个虚无者，现在又在什么地方？他的镜像投影，罗影，这个男人真的可以相信吗？

葛希忍不住揪了下头发，然后看了身边李尧一眼，这个男子正一只手扶着额头，也在揪弄着头上的卷毛，葛希撇撇嘴，小声问："阿尧，你在想什么？"

李尧道："我在想，我们不会找错方向了吧？"

28

葛希压低嗓音："哪里错了呢？"

"从你父亲那张毕业照上推测出的这首《命运交响曲》，我们单从这首曲子本身分析，它蕴含的意义非常烦琐难解。"李尧的目光遥遥看着台上的演奏，嘴角轻轻扯动，"线索之所以能成为线索，基于它与事实有千丝万缕的联系，如果你父亲将《命运交响曲》作为提示我们的线索，它里面蕴含着的线索一定是我们，或者说你，可以发现的，而不是漫无目的的猜测。"

葛希目光微微一凝，小声道："那你的意思是？"

李尧："我觉得你可以从以前的一些事情中寻找线索，比如将毕业照和曲子的含义联系起来，或者说彻底抛开曲子本身。毕竟你父亲留下的线索是给你的，虚无者只可以通过毕业照得出《命运交响曲》，却不能得出《命运交响曲》背后的东西。"

说到这里，李尧目光微微一动，从虚无者的投影碎片到罗影的出现，再到《希波克拉底誓言》里夹藏着的毕业照，一个可能的猜测在他心中隐隐浮现。

葛希听完李尧所说，低头沉思着，眼前似乎又浮现出那个穿着白大褂、总是一丝不苟专注于工作的男人。

"如果你真的在暗示我什么，为什么不能直接告诉我呢。"

剧场外，罗影怔怔地看着眼前的地面，那上面零零碎碎地分布着几粒深蓝色砂砾状结晶，它们的形状，就像一个人的脚印。

看那方向，赫然是剧场的入口。

29

罗影身子微微颤抖，他目光紧紧盯着眼前的那个脚印，虽然垂着头，但他能感到面前有一个人不知道什么时候出现了，就那样安静地站在他面前，看着他。

他浑身汗毛竖起，咬着牙抬起头。

“呃，尧哥，你什么时候出来了？”罗影看着李尧熟悉的死人脸，此刻觉得无比亲切，简直就想抱着他狠狠啃两下。

李尧眼皮抖了抖，一只手推开热情过度的罗影：“刚才葛希突然有了点想法，我们准备去另一个地方。”

“另外，还有一件事情，”李尧看着罗影，轻声道，“你现在是虚无者呢，还是别人？”

罗影脸色苍白，喃喃道：“尧哥，你什么意思？”

李尧平静地说道：“你的身体来源于虚无者的镜面投影，你的意识或者说记忆以及对自己的认知来源于虚无者，这样的你，到底是虚无者，还是罗影？”他看着脸色越来越苍白的罗影，继续说，“你有没有想过，对于自己的存在到底是基于什么样的定位呢？”

罗影轻轻低下头，把脸庞埋在黑暗中，过了好久，才出声：“我不知道，但我现在不是虚无者，也不是镜面投影，我是罗影，也只是罗影。我拥有的记忆让我得以感受这个世界的一丝美好，我也想成为这个世界其中的一员，而不是把自己当作一个怪物。”他抬起头，脸上带着一丝奇异的笑容，“如果可以，我倒是希望以后能成为一个音乐老师，过一个普通人的生活。”

李尧点头：“如果这是你的想法，那我表示认同。”

罗影深吸一口气：“其实一开始遇见你和希姐，我没想到你们会这么容易接纳我，只是我当时实在不知道还可以去哪里。”

“我可以观察到常人细微的生理波动，所以在第一次见到你的时候就知道你没有说谎。至于葛希，她其实是一个很单纯的女生，所以也对你更多的是同情或者包容，而不是猜疑。”李尧说，“如果你想以一个普通人的身份生活下去，或许我可以给你提供一些帮助。”

他嘴角轻启，似乎对罗影说了些什么，罗影目光微微闪烁，低垂的手掌轻轻攥紧。

葛希看着李尧和罗影，好奇道：“你们刚才在外面说了什么？”

李尧面无表情地看着地面，一旁的罗影嘴皮飞快地跟葛希说了自己的发现，葛希看着地面上那些深蓝色沙粒状结晶：“你是说虚无者已经跟上来了吗？”

罗影忙不迭点点头，然后充满期待地看着李尧：“尧哥，我记得你可是传说中的欺骗者，你一定能保护我吧。”

李尧眼皮跳了下，一言不发上了越野车。

罗影眼巴巴地看着李尧的背影，自言自语：“难道我的记忆有什么遗漏？对了，我们现在去哪儿啊？”

“圣米迦勒堂。”

30

时间回到30分钟前，维也纳剧场内。

“按照你推测的思路，我又重新想了一下。我记得很小的时候听我妈妈说过，那个人就是在毕业的时候给了她一个惊喜，也是在那时表白，他们才会在一起。”葛希深吸一口气接着说，“我当时问过妈妈到底是什么惊喜。现在想想看，应该是那个人联系班上的同学，在毕业合照的时候，用每个人的口型暗示出这首《命运交响曲》。”

“我妈妈小名是小五，而《命运交响曲》又被称为《第五交响曲》。”葛希一口气说完，静静地看着李尧，“所以我知道他用这张毕业照暗示我去哪里了。”

“哪里？”

“圣米迦勒堂，那个人求婚的地方。”

葛希背靠着车椅，目光散漫地看着窗外。

此时外面已经是夜幕时分，大街上行人三三两两，风透过车窗吹来，葛希额前几缕长发被吹得有些许凌乱。

远处教堂的轮廓在视线中越来越清楚，那是一个拥有尖形拱门、肋状拱顶与飞拱的典型的哥特式建筑。

李尧在一旁停好车，三人下车来到教堂门口。

葛希看了下手机，现在是21：00，这个时候教堂早已经关门。

她转身对李尧说：“如果毕业照上暗示的信息和我想得没有偏差，那个人想让我们来的地方就是圣米迦勒堂的后院，那里也是他求婚的地点。”

葛希说完，静静地看着李尧，她眼中浮现一丝担忧之色：“你的气色越来越差了，是不是因为离开那里太久的原因，要紧吗？”

李尧摇摇头：“没事，我现在的状况还能支持一段时间，在此之前先把你的事情解决。”他轻声道：“既然已经到了这里，那我们就进去吧。”

罗影在一旁小声道：“尧哥，这里都锁门了，我们怎么进去啊？”

李尧道：“翻进去。”

31

三个人借着夜色翻进教堂。这个点教堂里的工作人员都已经休息了，三个人有惊无险地来到后院。

葛希目光扫过这个院子，轻声对身旁两人道：“就是这里了，只是不知道具体的线索到底在哪里。”

李尧：“我们分头找一下，如果有什么值得注意的地方再告诉彼此。”

三个人对望一眼，借着月色在院子中轻声走动探索。

这是一处宽大的庭院，四周墙壁上刻着各种石雕窗棂、玻璃彩绘，各种窗花重叠在一起，显得玲珑剔透。旁边还有一排牧师楼，中间对着一棵百年老树。

月光温柔地洒落在院子中，有一种宁静平淡的感觉。

葛希看看院子，目光扫过四周的墙壁，角落处还爬满藤蔓。很多年前，就是在这里，那个人向自己的妈妈求婚，时光仿佛还停留在那时，转眼又是好多年。

她收拾了下心情，转身继续探索着。只是连她自己也没有发现，瞳孔中那抹幽深惨淡的白色又扩散了一圈，渐渐铺满整个瞳孔，随即又隐没下去。

“葛希，你们来看下这里。”耳边传来李尧的声音。

葛希顺着李尧的方向望去，看到他站在一处墙壁前面，对自己点头示意。

葛希快步走过去，那面墙壁上镶嵌着一排彩色玻璃长窗，上面描绘着圣经里的故事，带着浓厚的宗教气氛。

罗影早就小跑过去，小声道：“尧哥，你发现什么了？”

李尧手指着一处：“你们看这个地方。”

顺着他手指的地方望去，彩色玻璃长窗上，一幅特殊的画作映入眼帘。

那是一块带有中国式油画感觉的玻璃，在这排以宗教为题材的玻璃彩绘上看起来格外突兀。

32

油画玻璃上画的是一条波澜壮阔的江河，江面宽阔，两岸房屋林立。

葛希看着这幅特殊的江河风景画，又看了眼周围描绘着圣经故事的花窗玻璃，感觉它突兀地出现在这排玻璃彩绘中，有种莫名的违和感。

“你们也感觉有些违和了吗？”李尧平静道，“这块油画玻璃应该就是葛希你的父亲留给我们的线索。”

罗影在一旁小声道：“可是这幅油画又能暗含什么呢？就是一幅

很普通的江河画啊。”

“画是很普通，但画上这条江就不普通了。它横穿了B市。”

罗影小声嘀咕：“那还是一条江啊。”

葛希翻了翻白眼，没有理会罗影的话，细心地打量着这幅玻璃油画，除了跟周围的玻璃彩绘在风格上格格不入，单说这幅油画本身，并没有什么出奇的地方。

只是不知道是不是葛希的错觉，总感觉这幅画看起来怪怪的，似乎有什么地方与记忆中不一样。

“这幅玻璃油画上面的风景建筑看起来感觉哪里怪怪的。”葛希犹豫了下，对身边两人说出自己的看法。

罗影懵懂地说：“哪里奇怪？我怎么没看出来？除了没有桥别的我什么也没看出来。”

李尧突然道：“你刚才说什么？”

罗影吓了一跳，小声道：“我什么也没看出来。”

“前一句。”

“没有桥。”

李尧眼中的光芒越来越亮：“对啊，就是没有桥。按照这幅油画的构图来看，在这个地方应该有一座大桥横跨江上，但是玻璃油画上并没有。”他伸出手指，在江面上画着，口中继续道，“除非是做这块油画玻璃的人故意隐去这座大桥。”

葛希目光微微闪烁，心中似乎有波澜划过。

33

天微微亮，微风从早起的行人身上拂过，空气中还带着青草的微香。

清晨的大桥上，三三两两的晨跑者在奔跑，一切平常得就像是此后的无数个日子。

一个年轻的父亲一脸微笑地举着一个小女孩。那个女孩看起来五六岁的模样，小小的脸蛋粉妆玉砌，穿着粉红色公主裙，脖子上戴着一个硬币模样的吊坠，看起来就像一个无忧无虑的小公主。

她的眼睛弯成月牙，开心地坐在年轻父亲的肩膀上，不时发出咯咯的笑声。

在这对父女身后，一个温柔的女人目光温润地看着他们，只是眼中闪过一丝阴霾，旋即消散。

女孩轻笑着回头：“妈妈，爸爸要带我们去看桥头堡，他说要在那儿放烟花给我看呢。”

女人轻轻抿着嘴角，小心地上前整理女孩皱起的裙角。

一家人来到大桥的一端。这里有一个四方八角的亭子，从亭子的一侧窗口正好能看到湍急的江水从桥下而过。

年轻的父亲打开一个小小的烟花盒子，点燃引线，五彩的焰火从盒子中绽放开来。只是由于是白天，在阳光的照射下效果不是非常理想。

可是女孩拍着手掌，开心地欢笑着。或许是由于太开心，她脖子上的吊坠不小心从窗户中掉落出去，女孩委屈地啜泣起来。

女人连忙上前，温声安慰女孩：“乖媛媛，明天让爸爸再给你做一个吊坠，我们晚上再来放烟花好不好？”

在女人的温言劝慰下，女孩终于破涕而笑。

年轻的夫妻相视一眼，四目相对间，满是温情甜意。

这是一家三口，最后一次，一起来到这里。

葛希抬头，看着这个幼时的记忆之地，一阵恍惚。

那天回去不久，女人病重入院。哪怕她的丈夫年纪轻轻已经是医院主治医师，也医治不了他自己的妻子，正如他医治不了自己患先天性疾病女儿的。

三个月的病魔折磨，女人带着不舍永远离开了这对父女，留下一个破碎的家。

从那以后，这位年轻的父亲着了魔一样专注于医学研究，穿着白大褂在病房与办公室中奔波。

后来在女孩 9 岁那年他下落不明，再无音信，一晃便是十年。

大桥上，桥头堡的那个约定，随着时间的流逝，似乎被遗忘在记忆的角落，落上尘灰。

葛希轻轻吸了一口气，转回头对身后两人说：“当初我们一家在大桥上的约定大概就是这样，所以我想那个人应该是想让我重新来桥头堡吧。”

身后两个男人同时沉默。

李尧上前轻拍了下葛希的肩膀：“媛媛，你现在脖子上带的这个吊坠是后来你父亲另做给你的吗？”

葛希点点头。

“当初你丢的那个吊坠，是在哪个位置丢的？”李尧问道。

葛希想了下，上前来到一侧窗口前：“应该就是这里。”

她伸手轻轻抚摸着墙体窗沿，似乎又看到当年的情景，看到那年那个幸福的家庭。就在这时，她身子一颤，抚摸着窗沿的手指轻轻颤抖。

李尧眼里流露出一丝关切：“怎么了？”

“我好像摸到一个凹槽，形状有点像我的吊坠。”

34

李尧皱了下眉头，上前同样探出手。

在那个窗沿外侧，靠近下方的位置，果然有一个圆形的凹槽，底部还有起伏。

葛希轻轻解下脖子上的吊坠，目光复杂地看着那个硬币模样的吊坠，说道：“难道要把这个吊坠放进凹槽中吗？”

三个人对视一眼，点点头。

葛希心中也突然涌出一丝好奇，那个人大费周章将他们引到这里，最后到底要交给自己什么东西？或许这么久的谜底马上就要解开了。

她手拿着吊坠正准备放入窗沿下的凹槽中，就在这时异变突起！

葛希的身子木然一僵，瞳孔深处两抹幽深惨淡的白色浮现而出，迅速布及整个瞳孔！

一只通体被深蓝色物质覆盖的手掌毫无征兆地狠绝地从葛希身后贯穿而入，从她小腹破体而出，巨大的冲击力让葛希的身体直接被这只手托举在半空中。

她脸上还带着一丝愕然，放大的瞳孔被那抹死寂的白色完全占满，双手无力地垂下。

接着一个身影缓缓从葛希身后出现。

虚无者。

他轻轻地从葛希低垂的右手中取下那个吊坠，呢喃道："谢谢你，美丽的小姐，如果不是你，我怎么能得到'逆命者'留下的秘密呢。"

然后他豁然抽出手臂，葛希口中的血液大口大口喷涌出来，随即她被虚无者抛扔出桥头堡外，下面是18米高空，大江之上！

接着几道虚影从虚无者身上脱体而出，如同实物一般撞击在葛希身上，将她的身子远远撞出去。

虚无者手握着吊坠，回头看着李尧，微笑道："伟大的欺骗者，您是要这个吊坠，还是要这个女人呢？"

35

李尧看着葛希被虚无者抛扔出桥外，木然怔住。

他原本垂在身下的手微微颤抖，这个一向以木讷面目待人的男子，第一次有了剧烈的情绪波动。

四周不知从哪里刮起凄厉的风。

风中，虚无者猖狂的笑声放肆响起，他的衣服被层层吹起，裸露的身体浑身50%的肌肤都已经被那种深蓝色的物质所覆盖，被不可逆的镜面化。

李尧突然低低笑了一声，这个笑声在此时显得如此诡异，让虚无者不禁停下来，目光审慎地看着李尧。

可是李尧看也没有看他，纵身冲出窗外，临空一跃！

他的身影在夜色下迅速变成那种极致纯粹的、渗入灵魂的深蓝色，然后他的身子扭曲并拉伸开来，直接延展到 3 米的长度，拦腰抱着半空中的葛希。

而在这一次冲击之下，两人的身影距离大桥足足有数十米远！然后向着湍急的江面坠去……

而此时，桥头堡中，虚无者饶有兴致地看着罗影：“我该怎么称呼你呢，可悲的生命，我的镜面投影？”

罗影面色苍白地看着虚无者，浑身微微发颤：“不，我不是你的投影，我已经拥有自己的意识和记忆，我是一个活生生的人了。”

虚无者有些怜悯地说道：“卑微的生命，你的记忆来源于我，你的意识产生就是一个错误，作为你的父体，我有必要将你收回。”

他伸出那只密布深蓝色物质的手掌，按在罗影头顶。

淡淡荧光中，罗影轻轻抬起头，眼神里的慌张和惶恐一瞬间消失不见，他语气中带着一丝得意，轻声道：“你中计了。”

36

虚无者脸色一变，一股来自罗影身体中的奇异力量沿着他按在罗影头顶的手掌贯入他的体内，一股寒意迅速蔓延至他的全身，他的浑身皮肤在顷刻间仿佛凝结了一层深蓝色冰霜。

罗影缓缓道：“李尧之前推测到你一直藏在暗处，所以给了我一些小东西。如果你想收回我，这些小东西会提前一步进入你的身体。”

虚无者身上的深蓝色物质越来越多，整个人似乎都快成了一尊镜面雕塑。罗影身形一闪，取下虚无者手上拿的那个吊坠，戏弄道：“你不用害怕，这些小东西其实也没有什么，只是能加速你身体不可逆镜面化的速度。”

“让我来猜猜，你现在全身不可逆镜面化程度达到了多少。70%？ 80%？还是 90%？你还有多长的时间会彻底成为一尊镜面雕塑呢？”

虚无者猛地一动，整个人化作一道蓝光消失在原地，不知去了哪里。

罗影看着虚无者消失不见，脸色“唰”的一下变得苍白，喘了几口粗气，又突然想到什么，连忙跑到窗口。

江面上，哪里还有李尧和葛希的身影。

37

时间回到 5 分钟前。

李尧抱着葛希，两个人在重力作用下迅速朝江面坠去。

此时他们距离桥面足足有数十米的距离，以这样一个高度掉下去，即便是镜面人也凶多吉少。

就在即将坠入水面的一刻，李尧身体猛地绽放出一抹深蓝色的光芒，如同一颗深蓝色的太阳。

他的手臂仿佛水银一般迅速拉伸变形，手掌隔着数十米远的距离以间不容发的速度延伸到桥墩上，与桥墩紧紧连接，手臂就像有弹性和粘力一样，带着两个人的身子并迅速拉回。

然后几个跳跃来到岸上。

李尧轻轻把葛希揽在怀中，放在地上，动作缓慢又温柔，似乎害怕让怀中的女生再感受到一丝疼痛。

他颤着手按在葛希小腹那处恐怖的伤口处，目光突然一闪。

伤口上已经没有任何血迹。

“镜心、镜面人、镜面能力，那个人……”李尧眼中突然闪现出一丝光芒，心中一个猜测隐隐浮现。

怀中葛希的身体渐渐泛起一丝灼热的感觉，她的躯体就像一块巨大的镜面玻璃，变成极致纯粹的深蓝色，胸口那个恐怖的创口在一种神奇的力量作用下，以肉眼可见的速度生长、弥合。

最后完好如新，就像从来没有受过伤的样子。

异状渐渐消失，怀中的葛希又恢复成正常人的外表和体温。她的睫毛轻轻颤动了下，缓缓睁开眼。

迎面是李尧深沉的目光，他说：“媛媛，我知道你的镜面能力是什么了，你的能力是——不死。”

38

长生不死。

这是从古至今无数人追求的目标。

让一个卑微的生命跃出时间长河，独立于尘世上，与世长存，永世不朽。

葛希觉醒的镜面能力，虽然还不能长生，但是已经可以让她不死。就算受到再大的伤害，她的身体都可以快速复原。

这种镜面能力李尧从来没有听说过，甚至可以说从来没有出现过。

李尧目光微微闪烁，镜心能将普通人变成镜面人，难道说也可以赋予人如此强大的镜面能力吗？还是说那个人已经完全解开了镜心的秘密，精心挑选了这样一颗具有奇异能力的镜心送给自己的女儿？

他突然一笑，这个时候想这些又有什么意义，只要怀中这个人能活下来，健健康康地活下去就足够了。

或许，这也是那个人想要的吧。

他温柔地看着怀中的女子，柔声道："欢迎回来，媛媛。"

39

葛希轻轻眨眨睫毛，看着李尧道："阿尧，我刚才怎么了？"

李尧："你在虚无者的攻击下，因祸得福觉醒了自己的镜面能力。"

葛希面色怪异地听完李尧的讲述，这才明白了前因后果，她新奇地看着自己的双手，喃喃道："难道我以后再也不会死了吗？"

李尧："可以这样理解。"

葛希兴奋地紧紧抱了下李尧，这个木讷的男子此时嘴角也轻轻挂上一抹笑容。

两个人重新来到桥头堡，罗影早已经急得团团转，差点就要冲下去找他们。

葛希四周看了一圈，问道："虚无者呢？他去哪里了？他是不是拿到了那个最后的秘密？"

罗影将之前发生的事情又对两人说了一遍，最后总结道："应该不会吧。尧哥给我的暗手让他自身不可逆镜面化达到 90% 以上了，就算逃出去也活不了多久了。"

葛希这才如释重负地松了口气，目光盈盈地从罗影手上接回自己的吊坠。那个人将镜心送给自己，赋予自己不死的能力，摆脱 20 岁的诅咒，那他最后留给自己的还会是什么呢?

李尧看到葛希的犹豫，鼓励道：“去试试吧，或许，是一个你意想不到的惊喜。”

葛希轻“嗯”一声，回头一笑，然后一步一步上前，将吊坠轻轻放在凹槽上面，完美契合。

随后，远处江岸上，似乎传来一个沉闷的声响。

40

“那是什么……”葛希看着江边，不知哪里突然响起一阵烟花燃放的声音。

一道道烟花冲天而起，在半空中拖曳出各色不同的流光，整个江面流光溢彩，无数烟花在高空中热切绽放，将夜色照耀得璀璨生辉。

无数道烟花绽放出不同的图案，在夜色下交相辉映，最后在空中汇成几个五颜六色的大字——祝媛媛 20 岁生日快乐。

这是一位父亲送给自己女儿 20 岁的成人礼。

葛希抬头看着头顶的漫天烟花，眼前又似乎看到那个穿着白大褂、总是一丝不苟专注于工作的男人。

她嘴角轻轻带着笑，感受着胸口处那个平稳有力的跳动，轻轻将头靠在李尧肩膀上。

李尧不动声色地看了眼远处的大桥，虽然已经留下后手，但虚无者到底有没有存活下来不得而知。如果被他看到葛希死而复生的情景，那个镜面人会不会发现这个被他一直隐瞒的秘密?

镜心可以让普通人变成镜面人，那么反过来说，从镜面人身体中是不是可以提取出镜心？

在镜塔难寻、镜心难得的这个时候，组织或者说那些因为过度使用自己能力而导致不可逆镜面化的人，在死亡的威胁下，会不会对镜面人展开大肆屠杀？

李尧心中闪过千般思绪，嘴角忽然一笑，想到一句话。

“今夜我不想人类，我只想你。”

他嘴角微微勾起，伸手揽住身边的女孩。

漫天烟花下，两人的身影依偎在一起，似乎连影子也温柔了起来。

镜面时代

TIMES-MIRROR

第三章

01

“无论你是谁，无论你在哪，当你看到这个影像，就是我们的同类。”

周瑾站在广场中央，四周是鳞次栉比的高楼大厦，一个个巨大的人脸好像巨型投影一般，赫然映在这些大厦的玻璃外墙上。

抛开大得可怕的轮廓，这些人脸看上去属于同一个面孔，属于同一个面容普通的男子，唯一不普通的是他的眼睛。

他的双眼没有眼白，没有瞳孔虹膜，只有一片深沉如海水的深蓝色。

周瑾看了看周围零零散散的人群，无论是嬉笑的情侣、追闹的孩童，还是广场旁歇息的人，没有一个人发现，就在他们身边，就在那些都市壮阔的高楼大厦外墙上，那一个个巨大的人脸。

就连那些巨大的人脸异口同声发出的机械重复着的话语，也没有任何人能够听到。

除了周瑾。

“铛——”

整点时刻到。

广场中央的音乐喷泉开启，一束束喷涌的水流溅射在半空中，折射出五颜六色的光芒。

周瑾瞳孔一缩，波光粼粼中，一个似乎是由纯粹光线构成的三棱镜结构，如梦如幻般，缓缓出现在喷泉中央。

周瑾心中一紧，情不自禁地朝那个三棱镜结构看过去。三棱镜结构上方，同样映射着那个中年人的面孔。

他口中传出的机械合成音在广场上空回荡。

“新的时代已经降临，镜面人的时代已经降临。随之到来的，是毁灭与死寂的未来，只有降临之塔……”

02

周瑾很早就发现了自己的与众不同。

他可以将接触过的任何人或者物体转变为玻璃镜面材质，也可以使自身瞳孔晶状体的结构镜面化，拥有类似显微镜一样的构造，动态视力与静态视力得到极大的增强。

通过这两项能力，他甚至可以通过触碰别人的身体，远距离共享别人的视野。

周瑾是一个胆子很小的人。他发现自己的特殊能力后，欣喜若狂之后就陷入了恐惧之中。

这种能力是他一人独有的吗？是什么原因产生的？会不会早有人发现了这种能力，像中世纪教廷对待异端者那样，对“他”这种人挥起屠刀？

在一切都不知道的情况下，周瑾选择将这件事作为自己最大的秘密，埋在心中。

直到今天。

03

“镜面人，这就是对像我一样拥有这种能力的人的定义吗？”

周瑾不动声色地坐在角落中，目光若有似无地瞄着远处喷泉的中央，那个神秘的人脸上，或者说，是人脸下面的三棱镜结构。

那个三棱镜结构高达三米，在夜色下通体折射着深蓝色光泽，散发着一种无声的吸引力，让周瑾心中隐隐传来一阵渴望，忍不住想投入其中。

他紧咬嘴唇，按捺住内心突如其来的悸动，目光隐晦地看了下三棱镜结构上面的人脸。

这个声音所说的毁灭与死寂的未来是什么？降临之塔，就是喷泉中央那座三棱镜结构吗？

周瑾忍不住又看了看，只见三棱镜结构上，那张人脸随着泉水的起落，就像电流一样忽明忽暗。透过人脸，隐约看到无数大厦外墙，墙上同样出现了这样一个巨大的人脸。

他们面无表情地重复着相同的话语，机械的合成音不断在城市的上空回荡扩散。

没过多久，所有人脸同时晃动了一下，化作一串字符，只有机械的合成音还回荡在城市上空。

“加入我们，改变未来。”

喷泉上，四周鳞次栉比的大厦外墙上，一串号码和一个地址泛着妖异的深蓝色光芒，像无数双幽深的眼睛，在黑暗之中默默注视着周瑾。

周瑾黑着脸在心中记下那个号码和那个地址，按捺住内心的渴望，转身跌跌撞撞离开广场。

只有那个机械合成音还回荡在天地间，久久不散。

04

周瑾坐在自己的出租屋中，手拿黑色中性笔，在纸上紧张地记录着。

床上密密麻麻地摆放着书写过的纸，无论是哪张纸，有一个号码和地点都被着重标记着。

广场上出现的巨大人脸，只有自己或者说只有镜面人才能看到的影像、听到的声音，以及声音中透漏出的信息，可以判断这个世界上像自己这种镜面人并不是特例。

毁灭与死寂的未来，还有那个降临之塔，意味着什么？

以及最后留下的那个联系号码和地址。

周瑾揉了揉额头，看着那个着重标记的号码和地址。

他自然不会相信这个神秘的镜面人会这么冒失地暴露出自己的行踪，凡有所欲，必有所求。

那么让这个镜面人这么急切地暴露出自己，是有什么原因让他不得不这样？是他说的那个毁灭与死寂的未来吗？

还有那个神秘的三棱镜结构……

周瑾停下笔，轻轻叹了一口气，眼前又浮现出那个三棱镜结构的建筑。它默默伫立在广场中央，表面流动着深邃的蓝光，无声中透着致命的吸引力。

周瑾心中隐隐有预感，以前那种平静的生活将一去不返了。

05

国广大厦五楼。

周瑾穿着黑色卫衣，戴着帽子，坐在咖啡厅一个独立的隔间中。

从这里的飘窗望下去，隐隐看到广场中央，有一座高达三米，通体散发着深蓝色光泽的三棱镜结构的建筑。

这个三棱镜建筑物在那晚之后，在国广广场中央一夜之间伫立起来。周瑾远远地看着，发现过往的人群从来不会在这里驻足一步。

似乎人们从来没有发现这里多了一座造型奇异的三棱镜建筑。

周瑾深吸一口气，兀自将视线收回，将头深深埋在怀中。如果现在有人掀开他的帽子，看着他的眼睛，就会发现他的双眼不知什么时候已经变成一片苍茫之色。

这是他的镜面能力具体化，通过触碰暂时控制一个生物，将那个生物的视网膜与他共享。

那天广场上出现的人脸太过诡异，在不确定对方到底有什么目的的情况下，那个神秘的号码周瑾没有拨打。

甚至是那个三棱镜结构，周瑾也不敢上前触摸。

现代社会科技发达，太多定位手段防不胜防，周瑾不敢置身险境中，哪怕是一点可能。他宁愿用自己的镜面能力来达到变相前往那个地点，看能不能见到那位（群）隐藏在背后的镜面人的目的。

思维顺着一种奇异的共振不断在国广大厦中延伸扩散，与一个早已准备好的“载体”紧紧相连，然后以一个奇怪的视角观察着周遭的一切。

周瑾现在操纵的是一只泰迪的视野。

06

虽然国广大厦严禁动物出入，将这只活跃的泰迪带进来着实费了不少功夫，但是相较于拥有极高智力与情感的人来说，一只思想单纯的狗某种意义上更容易操纵些。

事实上，周瑾也从来没有试图去操纵一个人，每当他兴起这个念头时，心中总会忐忑不已，似乎这样做有极大的风险，或许会被反噬，或许……

即便这样谨慎地选取控制情感相对单纯的动物，周瑾也能感觉瞳孔深处隐隐传来的刺痛感。

他的双手无意识地下垂，隔着衣裤，小腿上不知何时慢慢镀上一层薄薄的霜，随着时间的流逝，这层突然出现的怪异物质表面逐渐泛出镜子表面一样光滑的色泽。

坚硬，冰冷。

没有平白无故得到的能力，得到便意味着失去。

周瑾一直对这句话深信不疑。

每次他尝试动用自己的镜面能力，比如改变自身瞳孔晶状体结构，让自己的动态静态视力得到增强，事后都会陷入短暂的失明甚至是昏迷中。

而这种操纵生物，共享视野的做法，如果超出时间，就会让自身机体部分覆盖上一种深蓝色的霜雪物质，并且逐渐变得光滑坚硬。

周瑾把这种情况称为自身机体镜面化。

周瑾心中默默计算着时间，之前他在自己出租屋中饲养过不少宠物，在那些宠物身上试验过自己的能力，在自己身体镜面化到腰部的时候，他大概有 15 分钟时间。

之所以到腰部，是因为有一次他沉溺于这种视野共享能力后，发现自身镜面化竟然有不可逆的趋势，所以后来周瑾使用自己的能力越来越慎重，即便迫不得已使用，也有严格的时间限制。

让他欣慰的是，那只泰迪很争气，跑得贼快，很快就接近那个约定的见面地点。

国广大厦的顶层，一处罕有人烟的天台。

07

狗是全色盲，所以在它们的视野中，世界呈现一片灰色，但它们对灰色浓淡的辨别力很强，依靠这种能力，能分辨出物体上的明暗变化，产生出立体的视觉映像。

所以共享视野后，周瑾所见的国广大厦天台，就是一个灰色的世界。

在这个灰色的世界中，一个通体散发着旺盛灰色光泽的人影正背对着视野，似乎与整个世界格格不入。

看体型，是个男人。

只是他身上的灰色光泽忽明忽暗，就像不稳定的电路一样。

周瑾心中莫名想到自家床底下那个年久失修的破旧电风扇，插上电，声音大得像飞机发动机的轰鸣声。他定了定神，努力暗示那只泰迪远远躲在一旁。

但那只泰迪像发情一样，愉快地撒着腿向那个灰影靠近，似乎那个灰影对它有什么极大的吸引力。

周瑾心中悲愤地吐槽了一句，他的镜面能力更多体现在视觉上面，对心灵暗示之类一窍不通。之前能够成功还依仗于平时对家中饲养的宠物进行的各种试验，但是一到现场实践果然一下就出现状况。

那个灰影似乎感受到身后泰迪炙热的感情，缓缓回头。

借着泰迪的视野，映入周瑾眼中的是一张熟悉的面孔——他自己的面孔。

08

如果周瑾能看到自己的脸色，他一定会发现自己的脸色就像吃了一坨屎一样难看。

这个神秘出现的镜面人，竟然长着一张跟自己一样的面孔！

难道是幻象吗？不过联想之前国广广场上的异样，难道这个镜面人的能力是幻象一类？

那个镜面人似乎发现泰迪的与众不同，也发现隐藏在泰迪身后不知何处的周瑾，他（她）轻轻开口，声音顺着泰迪的耳膜，通过奇异的共振传入周瑾耳中。

“是镜面人同类吗？这就是你的镜面能力吗？类似于视觉方面，倒是很实用。”

“为了表示突然把你喊到这里的歉意和诚意，我可以告诉你，一些关于你的镜面能力运用的小技巧，同时方便我们之间的交流。”

“能力运用？”周瑾浑身一震，心中顿时想到平时爱看的玄幻小说，那些主角就是捡到一些戒指古物，从里面蹦出来一个慈眉善目的老爷爷，解人疑惑，授人以渔。

他勉强操纵着那只泰迪“汪汪”叫了两声，表示自己已经聚精会神，就等你说了。

而此时国广大厦天台，一个面容普通的男子目光平静地看着眼前的泰迪，嘴唇微微动着，似乎在与它交流什么。

他垂着的眼皮下，不动声色地闪过一丝异样。

09

周瑾感觉自己就像一块缺水的海绵，用尽全力将这个镜面人说的每一个字、每一句话都深深记在心中。

他尝试着按照这个镜面人所说，意识随着泰迪这个载体，通过一种奇异的共振，艰难地交流道：“你是谁？为什么拥有和我一样的面孔？”

那个镜面人略微停顿了下，面孔一阵模糊，随后恢复成一个普通男子的模样，和当初国广广场上出现的巨大人脸一模一样。他继而道：“我嘛，自我介绍下，我叫虚无者，我的能力是皮肤角质层镜面化。”

“我可以改变自身皮肤角质层构造，将其转变为镜面材质，甚至触摸任何玻璃材质物体，都可以将其凹凸镜面化，投射放大正立的虚像。也因为皮肤镜面化后，从任何一个角度看我，看到的都是你自己的模样。类似平面镜成像原理。

周瑾心中顿时了然，那天在广场上看到的巨大人脸，想必就是这个名叫“虚无者”的镜面人运用自己的镜面能力做出的效果，只是他这样做，到底是为了什么？还有那无头无脑的一句话，毁灭与死寂的未来，降临之塔又代表着什么？

虚无者并没有在自己能力这个话题上过多描述，很快将话题扯到另一个上面，周瑾第一次直接利用意识交流，还不是很适应，更多的时候，只是默默地听着虚无者自顾自地说着。

就在这种奇异的交流中，周瑾逐渐在脑海中构建出一个镜面人的世界。

不知过了多久，周瑾本体瞳孔深处传来一阵剧烈的刺痛，他急促地道了别，心神猛地从视野共享中挣脱出来，抬起头，浑身已经大汗淋漓。

“到时限了。”

周瑾心中轻声一叹，来不及惋惜，小腿下面的部位已经完全失去知觉，不用看也知道那里已经镜面化了。

10

周瑾没有动，他现在也动不了。

小腿以下部位镜面化的后果，就是他现在感觉和截瘫患者没什么区别，小腿以下部位不再受他的控制。

周瑾不动声色地看了下四周，因为是独立隔间，所以没有人发现他的异样。

小腿镜面化还有一段时间才能解除，他现在正好可以好好想想刚才与那个叫虚无者的镜面人短暂的接触。

刚才的对话，他并没有透露自己的个人信息，如果那个自称虚无者的镜面人真的心怀不轨，短时间也很难找到自己。

并且虚无者也没有流露出什么恶意，甚至还主动告诉他对自身镜面能力运用的一些技巧，只是对于当初那句“毁灭与死寂的未来”，还有“降临之塔”一字未提，以及周瑾心中最好奇的三棱镜结构，更多的还是提及一些关于镜面人这个群体的常识。

不过值得欣慰的是，虚无者还是说了一个网址，告诉周瑾对镜面人有什么不解都可以去看看，同时约定两天后相同的时间，还是在相同的地点见面。

周瑾想了半天，感觉这次与其他镜面人的第一次交流并没有什么不妥的地方，小腿处也渐渐恢复了知觉。

他现在倒是有点迫不及待地想找个安全的地点，登上那个网站，好好浏览一番。

11

对于周瑾来说，这世上最安全的地方可能就是他的出租屋了。

他大学的时候觉醒了自己的镜面人身份，那时便发现自身机体一切生长发育都陷入了静止状态，连胡须都不再生长。

为了不让自己的秘密暴露，同时也是因为抱着寻找同类的想法，大学毕业他没有选择回家乡那个偏远的南方小城，而是选择留在D市。

周瑾坐在书桌前，迫不及待地打开电脑，输入了那个网址。

一个似曾相识的黄色网站蹦了出来，与此同时是占满半个屏幕的激情游戏广告。

周瑾黑着脸，暗自诽腹，这个网站的代码者太过恶趣味，强忍着心情点进其中一个广告，在弹出的注册面上随便注册了一个小号："不再说。"

然后进入游戏中。

随便玩到十几级，游戏弹出来一个对话框："是否选择充值？"

周瑾没有管那个对话框，在游戏界面右下角，一个隐蔽的框出现。

他屏住呼吸，按照虚无者所说，输入一串英文数字乱码组合的密码。

下一刻，画面骤变。

跳转到一个看似普通的网站中。

网站上方的背景图，是三座硕大的三棱镜结构建筑，它们彼此组合成一个奇异的立方体群模样，屹立在黑暗之中。下面一个深蓝色单词格外引人注目——Zero。

12

周瑾深吸一口气。

他见过这个建筑物，至少见过三分之一，就在现实中。

就在国广广场中。

从虚无者出现的那一刻，这座三棱镜结构的建筑就随之出现。

现在在这个网站又一次看到了它，周瑾屏住呼吸，认真比对着自己记忆中的模样。两处建筑确实一模一样，只是国广广场中央的稍微小一点。

那么这个三棱镜建筑到底是什么?

那个“Zero”的字母又代表着什么? 按照字面意思是零，代指一切的起点吗?

周瑾按捺住心中的疑惑，随便点开几个帖子，看得出来写帖子的人都是和他一样的同类——镜面人，大家在这个网站中交流彼此的见闻、生活。

不过大致浏览一遍后，比对着虚无者的说辞，周瑾心中也大概有所了解——关于这个网站的来历，以及镜面人的来历。

13

这个网站据说是一个名叫“Zero”的组织建立，只是这个组织的成员都隐藏在深深的黑暗之中。

他们只是提供这样一个平台来让来自世界各地的镜面人交流，每隔一段时间会在上面发布一些消息，关于镜面人能力的缺陷和限制，一切使用技巧，其中也有关于镜面人来历的猜想。

“镜面人，近年来频繁出现在世界各地，拥有与镜子玻璃材质相关能力的人群。有猜测可能是因为辐射导致基因变异产生的特殊能力者。”

周瑾审慎地看着这个帖子，就是这么短短一句话，下面至少有上百条回复，其中穿插着各国语言，不时蹦出句亲切的汉语。

“写的并不能打动我，遣词造句应该多琢磨，我只能给你打个及格分。”

“楼主你好，我是‘中国精神健康研究中心’的主治医师，精神疾病可防可控可治，你要树立起坚定的信心。我们一定会帮你走出阴影，过上正常人的生活。”

“不要回复，不要回复，不要回复。”

在过滤了大量无意义的灌水聊天帖之后，周瑾倒是发现了一些让他感兴趣的镜面人自己总结出的关于镜面人的三条理论。

14

第一，镜面人能力觉醒之后，自身生长发育完全静止。

第二，镜面人使用能力超出限制后，自身机体出现不可逆转的镜面化，严重者无法自由行动，甚至死亡。

第三，镜面人生存规则参照黑暗森林规则。

周瑾看着这三条理论，心中失声一笑。

前两条他自己深有体会，倒是第三条，让他陷入沉思。

黑暗森林理论的核心就是：宇宙就是一片黑暗森林，每个文明都是带枪的猎人，如果他发现了别的生命，能做的只有一件事：开枪消灭之。

在这片森林中，他人就是地狱，就是永恒的威胁，任何暴露自己存在的生命都将很快被消灭。

镜面人是这些年才出现的，但彼此心中这种不信任的本能可能源自自身远古基因。现代社会之所以提倡文明，也是建立在法治的基础之上。脱离这个基础，镜面人本身又具有种种奇诡的能力，信任两个字，便是一种奢侈品了。

只是周瑾浏览了整个网站，也没有人提及之前D市国广广场上的那次异动。

那个名叫“虚无者”的镜面人到底是什么来历？还有与他一起出现的那个神秘的三棱镜建筑，与Zero这个组织又是什么关系？

一切，好像都隐藏在迷雾之中。

15

两天时间很快过去，转眼就到了与虚无者约定见面的日期。

这两天的时间，周瑾几乎脱离了现代社会，吃喝都在出租屋中，夜以继日地浏览着这个Zero组织建立的镜面人网站。

毕竟是第一次接触到有关镜像人的世界，再加上刚刚近距离接触到虚无者这个神秘的镜面人，周瑾一直在恶补这个网站上所有关于镜面人的资料，哪怕是生活板块上的一些鸡毛琐事都没有放过。

好奇心是人类的原罪。

神话中，亚当和夏娃听从蛇的蛊惑，摘下那枚象征欲望与原罪的果实。700万年前，第一代古猿走出非洲，将目光放眼全球，将足迹踏向五大洲。

周瑾不得不承认，他的基因深处也隐藏了这个好奇心的基因。所以他了解得越多，便越发好奇虚无者的真实身份和他的目的。

还有国广广场中央的三棱镜结构建筑，周瑾能感觉到这个建筑对自己有种致命的吸引力，甚至做梦还会梦到那个场景，它默默伫立在黑暗中，散发着深蓝色光泽，自己已深深融入其中。

16

周瑾还是来到了国广大厦。

这两天他在Zero网站上并没有搜寻到有关虚无者和那个“毁灭与死寂的未来”的蛛丝马迹，但是周瑾潜意识里觉得这里面一定隐藏着什么，所以最好的办法就是再见一次虚无者，或许这次可能从他那里打听到什么有用的消息。

周瑾没有选择再去咖啡厅，而是找了一个电影院的卫生间，从这里望去，透过窗户，正好能看到国广广场中间那个神秘的三棱镜结构建筑。

离约定的时间还差了一点，周瑾准备先用自己的能力近距离观察下这个三棱镜结构建筑。

Zero组织的标志物就是三座硕大的三棱镜结构建筑，它们彼此组合成一个奇异的立方体群，可为什么国广广场中央会突然出现一座三棱镜结构建筑?

再加上虚无者不经意的透露，周瑾心中隐隐有一个猜想。

他轻吸一口气，按捺住心中的悸动，居高临下地看着那个三棱镜建筑，随着心思转动，瞳孔深处不知何时涌出两道深蓝色流光。

流光就像太极中的阴阳鱼，衔尾而游，速度慢慢加快。

当两道流光的速度加快到一定程度时，它们形成一个衔尾蛇模样的光环。周瑾瞳孔不自觉地放大，两个瞳孔内部除了一个相同模样的光环，周围只有一片黑暗，接着光环猛地往内塌缩，然后迅速往外扩展成一个菱形符号。

随着这个菱形符号的出现，周瑾的视线随之不断延伸扩大，视线所及的各种繁杂的场景，被层层解剖，分解成最细小斑杂的色块，就像梵高狂野奔放的水彩画作。

在这幅抽象的画作中，原本广场中央的三棱镜结构一瞬间仿佛被拉伸到眼前，清晰可见。

随之而来的，是一种深邃的、仿佛要将人灵魂吞吸进去的深蓝色光泽，极致纯粹，如同一片深邃的海洋，无数密密麻麻的奇异符文在这片海洋中跌宕起伏，璀璨绽放。

周瑾还没来得及多看两眼，瞳孔深处一阵疼痛，菱形符号瞬间崩溃，他忍不住惨叫一声，昏迷过去。

17

周瑾挣扎着爬起来，脑中传来一阵轻微的刺痛。他轻轻揉着头，打量了下周围：自己紧紧地抱着马桶。原来他还是在先前的卫生间中。

他心有余悸地摸了下眼睛，瞳孔之前传来的刺痛似乎已经消失不见，记忆还停留在对三棱镜结构最后的一眼，那种极致纯粹的深蓝色。

那种感觉，就像沙漠远行的行人突然看到一汪绿水，那种源自心灵深处的渴望，每个细胞都在渴求，让人止不住想上前投入其中。

周瑾轻吸一口气，看了下时间，距离与虚无者约定的时间已经过去两个小时。

他摇摇头，隔着窗户又远远看了一眼那座神秘的三棱镜建筑，强压住心中的躁动，怀着一丝期待，将视野共享在一只柯基身上。

柯基一路顺利地来到顶层。意外的是，虽然迟到了两个小时，但虚无者还在原地等着。

似乎感觉到周瑾的到来，他回头道："你好像来晚了。"

周瑾"嗯"了一声，解释道："之前遇到一些事情，耽误了。"

虚无者没有追问，只是问道："那个网址你登上去看了吗？"

周瑾点头："你到底是什么人？为什么那个网站上没有查到任何关于你，关于那次国广广场的信息？"

虚无者沉默良久，出乎周瑾的意外，他轻声道："我是Zero的人。"

Zero，隐藏在黑暗之中的镜面人组织。或许也是这世界上唯一的一个镜面人组织。

周瑾心中思绪百转，按捺住心中的悸动，又问道："Zero这个组织到底是什么来历？上周你在国广广场上说的那句'毁灭与死寂的未来'到底代表着什么？还有那座神秘出现的三棱镜建筑到底是什么？"

周瑾一鼓作气说出这么多，才发现心中的疑惑和不解实在太多太多，一时竟不知道还能说什么好。

虚无者安静地等到周瑾说完，才开口道："Zero是一个最早成立的镜面人组织，它的成员遍布世界各地，我因为一次机缘，被吸纳到这个组织中。"

"两天前在国广广场我使用能力传播那句话，是因为我已经从Zero中知道了一个关于未来的预言。"

"未来的预言？你是说什么？"周瑾深吸一口气，沉声问道。

18

“不只是镜面人，连带着这个世界都要毁灭，可能就在不远的将来。Zero所做的一切，都是为了延迟那样一个没有希望的未来的到来。”

虚无者远眺着天空，目光深沉悠远。

“为什么未来会注定毁灭？”周瑾沉声问道，他心中隐隐感觉这种变化或许就与镜面人自身的来历有关，但内心深处又不愿去相信。

“不知道。”虚无者出神道，顿了顿，他又解释道，“这是Zero的最高机密，只掌握在核心层的手中，只是他们一直讳莫如深。组织中有很多人或多或少都知道这件事，一些人痛恨组织的不作为，至少是明面上的不作为，原来崇尚田园氛围的Zero组织，已经隐隐分裂。”

周瑾感觉一阵口干舌燥，他没有想到竟然会从虚无者口中听到这样一个恐怖的消息。

虚无者继续道："组织中的一部分人选择自暴自弃，用自己拥有的能力去获得权力、金钱、美色等一切享受；一部分人恪守组织避世的田园准则，指望藏在深山中来躲避那个绝望的未来的到来。”

“那你的选择是什么呢？”周瑾道。

虚无者双眼中突然闪过一丝异色，随即一瞬即逝。他转身，周瑾看不到他脸上的神色。他张开双臂一字一句道："我的选择是拯救这个世界，将这个世界从那个绝望的、恐怖的未来中拯救回来。”

19

周瑾浑浑噩噩地回到了自己的出租屋。

白天与虚无者的见面，让他了解到很多信息，包括Zero这个组织内部面临的矛盾，还有那个有关未来的恐怖预言。

言语中，虚无者似乎对Zero这个组织怀有巨大的不满。

如他所说，Zero拥有巨大的镜面人资源，却一直没有很好地利用，只是采用放任的方式，任由一众镜面人在网站上插科打诨，毫无作为。

他立志于寻找一切愿意团结起来的镜面人，重新构建一个组织，集合所有人的能力去抗衡那个恐怖的未来。

只是，周瑾目光迟疑地停留在Zero官网上的那个背景图上，那三个奇特的三棱镜结构建筑上。

据虚无者所说，这些三棱镜建筑是随着Zero组织的出现而一并出现的。目前在全世界只有三座，关于它们的来历只有Zero组织的创始人才知道，正常人根本看不到，也触摸不到。

它们被组织称为“镜塔”。

但是关于镜塔是做什么用的，它为什么会随着虚无者的出现而出现，虚无者并没有说。

他只是告诉自己，如果真的想知道一切的真相，就加入他的队伍。

20

周瑾揉了揉乱成一团的头发，他现在每天一有空就盯着Zero的网站，刷新浏览着各种帖子。

在Zero网站上看不到任何异样，但与虚无者的一番交流，让周瑾隐隐感觉到在这一片平和下面隐藏着的波涛暗涌。

如果那个预言中的“毁灭与死寂的未来”真的成真，那它会因为什么爆发，Zero组织又在采取什么方法延迟呢？

太多太多的未知和不解。

周瑾也曾想过这一切是不是虚无者在欺骗自己，但虚无者对镜面人能力的熟知，还有他有时不经意提起的一些能力运用的技巧，都让周瑾受益良多。

这样一个资深的镜面人，有什么理由去欺骗自己呢？自己又有什么利用价值呢？

不过还好，虚无者并没有催促与周瑾本体见面，他只是告诉周瑾如果想见他，每周末约定时间，国广大厦天台，他都会在这里等着。

21

“世上没有平白无故得到的能力，我们镜面人的能力同样是如此，如果你不加节制地使用，甚至会导致自身的死亡。”

国广大厦上，虚无者望着远方的天空，又一次说道。

“过度使用能力会导致自身机体不可逆转的镜面化，你跟我说过了。”周瑾说。

虚无者平静道：“我只是希望你能克制使用自己的能力，不要等到无法挽回的那一天。”

周瑾漫不经心地答应着，目光借助载体，一次次投向大厦下方广场中央那座镜塔上。

每天无数人从这里走过，但是他们谁也不知道这里竟然存在一座常人看不到的奇异建筑。而周瑾隐隐感觉到镜塔或许对镜面人有种奇妙的作用，所以才会吸引他出来见虚无者。

虽然他已经不止一次提及这座镜塔，但虚无者总是目光躲闪，似乎不愿意多提及。

或许每个人都有自己的秘密吧，自己这么长时间来，不是连真身都没敢出现在虚无者面前吗？

周瑾心中莫名想到这些，心中对黑暗森林法则越发以为然。

镜面人能力归于自身，一定程度上甚至不受当今社会所制约，他们的想法和做法注定与常人不一样，不可揣测。

正如虚无者，这个神秘的男子，他从来不提自己在Zero组织的经历，倒是一次次无私地教导周瑾使用自己的能力。

“每个镜面人的能力都有共通，但也有自己的独特之处，如果按照Zero组织的划分，像你的能力应该更偏向于后勤与辅助，只是在你使用能力时自身是完全没有防护能力的。”虚无者缓缓开口，斟酌着说道，“或许你可以尝试下意识两分。”

周瑾聚精会神地听着，他也发现自己的能力并没有过多的攻击性，不过对于他来说，再强的能力也要有命来运用。

更何况他一直坚信没有废柴的能力，只有废柴的人，或许自己的镜面能力也有意想不到的用处，只是自己暂时没有发现呢。

22

时间就这样日复一日地过去。

周瑾已经习惯每周末与虚无者在国广大厦天台的见面，得益于虚无者的帮助，他对镜面人世界的了解越来越深，对自身的能力也在不断发掘。

每次见面过后，周瑾总要躲在隐蔽的角落遥遥注视着广场中央那座镜塔。

他一直很好奇，按照虚无者所说，这座镜塔如果只有三座，Zero组织为什么会允许被虚无者带出来？它到底有什么作用？

或者说，自己如果触碰到镜塔会是什么后果？

这个想法一生出，就像野草一样在周瑾心中滋长。

他一方面好奇，一方面又担心，因为镜塔位于喷泉中央，如果自己真的这样做，那么自己本体一定现于大庭广众之下。

但那种极致纯粹的深蓝，就像内心最深的渴求，对他散发着极致的诱惑力。

周瑾沉思良久，终于决定就在他与虚无者再一次见面的时候动手。

23

时间又来到周末。

周瑾用意识驱使着一只斗牛犬来到国广大厦的天台上，虚无者早就等候在这里，就跟以前一般。

周瑾一心二用，同时心中默念着时间——10分钟，这是他为自己定下的时间，如果不能在10分钟的时间内触碰到那座镜塔，那无论怎样他都会回来。

也得益于这段时间虚无者的言传身教，他可以在视觉共享的同时，意识二分，本体进行一切简单的动作。

天台上，虚无者似乎没有发现周瑾的异样，口中侃侃而谈。

广场上，周瑾身着卫衣，一步步越过人群靠近那座三棱镜。

一百步，九十步……

最后二十步，周瑾离开人群，屏住呼吸，迅速接近那座镜塔。

他手脚并用，翻上泉眼的高台。那抹极致纯粹的深蓝色就在他的眼前，周瑾颤着手摸去。

下一刻，他摸到了一片虚无。

“怎么会这样？”周瑾难以置信地看着自己的双手在那个镜塔内部穿来穿去，好像面前只是一个虚幻的假象。

虚无者不是说这个镜塔只有普通人才无法发现，无法触摸吗？

与此同时，天台上，虚无者的嘴角突然轻轻上扬：“发现你了。”

24

周瑾心中陡然泛起一阵寒意。他借助载体的视野，看到虚无者的身体就像太阳下的气泡一样，轻轻炸开，在视野中化作虚无。

“幻象？”

这么久以来，和他交流的只是一个幻象？

恍惚中，Zero 网站上那镜面人的第三条准则又浮现在他的眼前——镜面人黑暗森林准则。

周瑾脸上阴沉如水，不顾一切地翻起身，就想逃开这个地方。但是下一刻，一道剧烈的强光将他通体笼罩起来。

光芒中，一个人影缓缓出现。

是虚无者。

他看起来和天台上的幻象并没有什么区别，只是真实的他坐在一个轮椅上面。轮椅上，他的头颅下方，裸露在衣服外面的皮肤，全部像镜子一样被镀上一层深蓝色的物质。

光滑如明镜，深沉如死海。

周瑾心中一沉，他看了下四周，发现自己已经无路可逃，深吸一口气，看着这个状态的虚无者，周瑾心中突然明白什么，苦笑道："全身机体不可逆转镜面化？"

25

虚无者坐在轮椅上，微笑点头，轮椅缓缓靠近周瑾。

他的脸上是一种奇异的神色，他没有开口，声音似乎从四面八方传来："你不是好奇镜塔到底是做什么用的吗？"

随着他的话语，一滴滴水银一样深蓝色的物质从他的已经高度不可逆镜面化的身体上滑落下来，蔓延至地上，如同活物一样，向着周瑾的方向蜿蜒而来。

虚无者的目光中无悲无喜，他冷静得像是在陈述一个事实："我也是最近才知道镜塔的用途，镜塔本身对镜面人有一种渗入基因层次的吸引力，但是它还隐藏着治疗我们镜面人过度使用自己能力造成全身机体不可逆转镜面化的一种方法，而使用这种方法必须要以另一个镜面人的生命为代价。"

周瑾心中陡然升起一阵寒意，他眼睁睁地看着那些似水银般的液体覆盖在他的身体表面，他张开口问道："为什么？"

下一刻，那些水银一样的液体顺着他的喉咙迫不及待地钻进他的身体中。

虚无者目光平静地看着周瑾，幽幽道："Zero 组织已经腐朽了，他们宁愿封锁这种方法，也不愿意拿它来挽回我的生命。挽回一个为

Zero付出全身机体不可逆转镜面化代价的人的生命，你说，我这样做，对吗？”

周瑾只感觉自己的五脏六腑在被一只大手剧烈地拉扯着，一股股寒意从他的骨髓深处蔓延开来，如果他还能说话，如果他说的话可以杀人，那么虚无者早已经死了千万遍。

但是他不能。

他就像一只被网住的猎物，网外是精心编织收网的捕食者。

26

虚无者安静地看着周瑾，他身上覆盖着的那层镜面物质随着时间的推移，在一点点地消磨掉。

他目光平静地看着周瑾，说：“这么多年来我为了Zero付出那么多，最后得到了什么？因为过度使用能力，导致全身机体不可逆转镜面化。”

“不过还好，我拥有的镜面能力是皮肤层次的镜面化，我可以用镜面投影的能力将镜塔投影到这里，借助它的力量来吸引你的到来。”

周瑾的身体剧烈地挣扎着，可是那层深蓝色的物质已经快将他全身都覆盖住。他只剩下一双眼睛还裸露在外面。

虚无者目光平静地看着周瑾：“安心闭眼吧！我浪费了这么多天才等到你的真身，用你的生命换来我生命的延续，难道不好吗？”

周瑾心中突然涌起一个疯狂的念头。

既然他的能力可以控制动物，为什么不能是人呢？

他瞪大双目，瞳孔中一根根血丝炸起，从来没有哪一刻，他这么不计后果，不计代价地动用自己的能力。

他看着虚无者，意识顺着蔓延的深蓝色物质与虚无者连接在一起，紧紧相结合。

时间者

MAN OF THE TIMES

第四章

01

站台前，一群人拥挤着往地铁上挤。

我看见他们的头顶上，悬浮着一排排整齐的倒计时。

00：05

我知道，他们即将登上一列注定会发生重大事故的地铁。

我像个疯子一样去阻拦，最后在扇了一位中年人几巴掌之后，终于把他成功地拦了下来，跟我在站台前对打。

5 分钟后，巨大的爆炸声从隧道深处传来。

那个幸存的中年人目瞪口呆地看着这一幕，痛哭流涕地拉着我的手正准备给我下跪，一根被爆炸余波掀起的铁条从天而降，从他头顶贯穿而过，鲜血脑浆淋了我一身。

他头顶的倒计时闪烁着刺眼的红光，似乎在嘲笑我的无知。

然后计时归零，消失不见。

我浑浑噩噩地从警察局录完口供回到宿舍，头对着水管冲了起来，冰冷的水让我稍微清醒了一点。

抬起头，镜子中，头顶上那串数字冷酷无情地闪烁着。

240：00

02

我叫阳凡，是一名普通的大学生。

直到一天醒来，在我的眼中，所有人头顶都显示着一串奇怪的倒计时数字。

有的长达几十万小时，有的只有几十分钟。

当我亲眼看着一位倒计时为几分钟的人，在我的面前被失控的汽车当场撞死，我才终于明白那些数字意味着什么。

我看到的是别人的死亡倒计时。

就像所有梦想一夜之间觉醒异能的中二青年一样，我兴奋地打着战，想着既然我能看到死亡时间，是不是也能改变命运？

一次次尝试后，我终于放弃，漠然接受现实。

我还剩 10 天的生命。

03

我漫无目的地走在学校的操场上，看着身边穿梭而过的人们，他们有的在跑步，有的在玩闹，不远处还有一群人在打篮球。

一切都充满生机与活力，包括他们头顶动辄几十万小时的倒计时表。

这几天我尝试用各种手段去改变那些倒计时，试图让它们停止或者增加，但无论我怎样努力，哪怕疯狂地去厮打抓击那组数字，也无法改变。

它就像是虚幻的投影，悬在我的头顶，坚定地流逝着。

我怅然叹了口气，抽出一根烟点上，突然看到视野中出现一位奇怪的男子。

他的头顶，竟然没有死亡倒计时！

空空荡荡，仿佛没有生命。

那个男子穿着一身中山装，年龄在二三十岁之间，身躯修长而完美。他就这么径直地穿过操场，向我走来。

靠近了才发现，他的一双眼睛里竟然全是眼白！

就在这时，远处那群打球的人一个投篮失败，篮球在地上弹跳了几下，向他砸来。

我瞳孔一缩，看着那个篮球就这么径直穿过他的身体，滚到一边。

仿佛，他只是一道虚幻的影子，不存在于这个世界。

那个中山装男子没有停步，缓缓走到我的面前。他注视着我，纯白的眼瞳中看不出任何格外的情绪，他说："你好啊，时间的选召者。"

04

我心中涌起惊涛骇浪，第一次看到一个头上没有死亡倒计时的人，还有那个篮球竟然能从他身体中穿透而过，他，他还是人吗？

我深深吸了一口气，强迫自己冷静下来，问道："你是什么人？"

他嘴角上扬，微微一笑："忘了自我介绍了，我叫方昊，和你一样，都是被时间选召的人。"

"被时间选召的人？"我一阵眩晕，不敢去对视他纯白的双眸，接着问，“什么是被时间选召的人？你怎么知道我和你是一样的人？”

心中有太多的疑问和不解，一时竟不知还要问什么好。

“我们是拥有时间能力的人，我们掌握着时间，操控和改变未来，我们行走在时间的国度上，我们是——时间的选召者。”他轻轻开口，以一种咏叹调的语气说着。

“至于我为什么知道你是我的同类，”他幽幽地说，“你没有发现，除你之外，别人都看不到我吗？”

我下意识地看了看周围穿行而过的人，在他们看来我好像是对着空气自言自语。这个叫方昊的男子确实是像独立在这个世界之外的人，难道这也是他的能力吗?

没等我开口，他嘴角露出一丝难解的微笑，语气低沉道：“我的能力是看到未来。”

05

“没有平白无故得到的能力，得到便意味着失去。”

我怔了怔，抬头看着方昊纯白的双眸，他忽然一笑，继续说：“得到这种能力，我付出的代价就是永远陷入时间维度中，无法碰触这个世界的存在。当然，和我一样拥有时间能力的人除外。”

“身陷时间维度吗？难怪我无法看到你头顶的死亡倒计时。”我心思一动，大致明白了他是什么处境。

“哦，死亡倒计时？”方昊饶有兴致地看着我，“难道你的能力就是可以看到别人什么时候会死吗？”

我点点头，犹豫了下，把自己这个能力原原本本地告诉他。

我也不知道为什么会如此相信这个男人，或许因为他身上有一种莫名其妙的亲切感，或许我们是“同类”，或许是现在能够帮助我的只有这个神秘的时间选召者了。

“我只能看到死亡却无法改变，并且，我头顶的倒计时显示我只有10天的生命。”

方昊静静听完我的叙述，沉默了好久，我在一旁小心地看着他的脸色阴晴变幻了好几次，然后他转身，说：“走吧，我带你解开头顶的死亡数字。”

我看着他的背影，突然想到一件事：“为什么你会找到我？”

“因为，我在未来的片段中看到了你。”

06

飞机落地的巨大轰鸣声将我从睡梦中惊醒。

我睁开眼，看到无处不在的死亡倒计时冰冷地跳动着，这些提醒我这一切并不是在做梦。

几天之前我还是一个普通的大学生，现在我却因为这些该死的倒计时，被自称是时间选召之人带到了D市。

摇摇头，借着手机屏幕的反光，我清晰地看到头顶的倒计时已经变成：192：11。

还有8天的时间。

那天，方昊带我进了一家餐厅，吩咐我坐下等待，然后就转身离开。

很快，有人送来一封信，里面有一枚石佩，还有一张飞往D市的机票，信封里说只要我下了飞机自然会有人前来接我。

我拿着那枚石佩，在手中把玩起来。

这枚石佩也不知是用什么材料做成的，上面阳刻着一把古朴的剑状浮雕，隐隐有水波流动，变化万端。

怀着一肚子疑问，我费力地起身走下飞机，没等多久，一位长腿蛮腰、波浪卷长发的妙龄少女就找上了我。

她好奇地打量了我两眼，撇撇嘴道："你就是吴叔找来的新人吗？"

我没有顾得上回她的话，目光就被她头顶那串倒计时深深吸引。

192：00

她和我一样，还有 8 天的生命。

07

一股冷意顺着尾椎蔓延至全身，我看着那个女子，眼神一阵恍惚，似乎她的脸庞晃动出两张重影，一张是青春靓丽的年轻女子，一张是灰气弥漫的将死之人。

我倒吸口冷气，按捺住心中的震惊，说："你好，我叫阳凡。"

那名女子慵懒地用手掩了下嘴唇，道："我叫尚不趣，吴叔让我来接你的，跟我走吧。"

她冲我眨眨眼睛，扭头向机场外走去，我看着她头顶那串闪烁着红光的倒计时，咬咬牙跟了上去。

出了机场，已经看到一辆越野车在外面停着。

越野车在路上疾驶，我一边心事重重地看着窗外的风景，一边和尚不趣搭着话，大部分时间都是她问我答。

这个女生好像对我特别好奇。只是我心中一直在惦记着她头顶的死亡倒计时，不知怎么开口向她询问，还有那个神秘的男子方昊，实在没有心思跟她闲聊。

“阳凡，昊叔当时找到你的时候，有没有跟你特别说过什么呢？”她装作漫不经心的样子加重了“特别”这两个字，似乎对方昊找我这件事很在意。

“没有啊，就是让我来D市，说是下了飞机自然会有人来接我。”我望着窗外飞驰而过的汽车喃喃道，心中却是想着自己头顶那仅剩几天的死亡倒计时，还有尚不趣头顶与我别无两样的死亡数字，越发期待接下来跟方昊的见面，这个神秘的男子到底对我头顶的死亡倒计时了解多少。

“你刚说你的能力是可以看到别人头顶的死亡倒计时？”尚不趣好奇地问道，“那你能看到我还有几天生命吗？”

来了！

我心中一动，就等着她说这句！我侧过头看着她一本正经的表情，斟酌着准备开口。

她突然莞尔一笑，自顾自地说道：“算啦，人生最精彩的就是未知，要是一切都已经被注定好，那又有什么意思呢？”

“有时候无知，也是一种幸福呢。”

08

阳光透过车窗照在她的脸上，她轻轻眨了下睫毛，专心致志地看着前方，我一时竟看呆了，嘴里支支吾吾说不出话来。

有那么一瞬间感觉死亡倒计时也没有什么可怕的，不到最后一秒，谁也不能说死亡无法改变，未来已被注定。

只是我的能力，除了可以看到死亡，到底还有什么别的用途呢？

就在这时，余光突然看见前面十几辆车辆上方，悬浮着的倒计时，从几十万的读数迅速下降！

我揉了揉眼睛，还以为是自己产生了幻觉，从来没见过死亡倒计时还会这种方式剧烈波动。

10万……7万……2万……

死亡倒计时的读数波动越来越大，我还没有来得及提醒尚不趣，眼前那十几个倒计时在一片红光中，同时归零。

“轰！轰！轰！”

下一刻，巨大的爆炸声响彻天际！

前方十几辆车相互追尾撞击在一起。刺耳的刹车声，伴随着金属刮擦和爆炸的声浪，仿佛要将我的耳膜刺穿。

尚不趣猝不及防之下猛打方向盘，轮胎在沥青路上发出尖锐的摩擦声，巨大的惯性让我脚尖死死地抵住地板，屁股差点腾空。

越野车在地上剧烈地打着圈，火星四溅，滑行十几米后艰难地停在事故带前。

我抬起头，看到了一辆重型卡车，在巨大的爆炸冲击下，向我们这里砸来。

耳边响起一道女子的轻叱。

09

远处爆炸的火焰，乱飞的残骸，近到那辆百吨重卡，一切都像被高明的琴师在琴弦上轻轻拨动了一根琴弦，周围的时间流速在这一刻截然不同。

所有的一切变得缓慢，然后倒退。

“时间……倒退吗？”

我脑中浮现出这样一个念头，余光瞧见尚不趣，只看到她面如金纸，一头乌黑长发根根变白，原本白里透红的脸颊在这一刻叠起层层皱纹，以肉眼可见的速度变得苍老。

“以寿命为代价的时间能力吗？”我保有余力地想到。

卡车重重坠在远处地面，激起震天巨响，爆炸声、鸣笛声，在耳边响彻不绝，世界又重新倒退回之前。

不，并不是简单地回到之前，而是回到原来爆炸的时间点，事情的进展却又不同了。

就像时间的长河顺流而下，拐了个弯，朝着另一个方向奔流而去。

就在这时，尚不趣猛地喷出一口鲜血，昏厥在车内。

我还来不及关心她，身后又传来车辆追尾的声音，巨大的爆炸声由远及近。这次身边再也没有人可以帮助我了。

我睚眦欲裂，看着火海如同远古巨兽向我张开獠牙巨口，下一刻就要将我们吞没！生死刺激之下，脑海中好像什么东西破碎了，眼前浮现出无数变换的数字。

隐约间，方昊送我的那枚石佩，在胸前滚烫灼人。

10

好像卸下什么桎梏，又好像打开一扇窗户。

我睁开双眼，这是一种奇怪的观看方式，前后左右上下 360 度，以复眼的角度去观看这个世界。

世界也变得截然不同。

无穷数字，或大或小，密密麻麻，映满眼前的世界，组成眼前的世界。

在这数字构成的世界中，有三道格外巨大的数字洪流，尤为壮观，变化万端。

它们冲天而起，像有生命一般组合排列，一道是三座硕大的三棱镜结构建筑，彼此组合成一个奇异的立方体群模样；一道是两张巨大的人脸，相对而立，仿佛神祇高高在上。

最后一道是一片奇异的建筑，上面呈现出几件变化不定的兵器形状，其中一件是一把巨大的剑的形状。

我还想再看清一点，头部突然传来一阵眩晕，我从那种奇特的视角中又退了出来。

眼前的世界又恢复成火海汹涌的现实世界。

我伸出右手平按虚空，无论是火海还是爆炸冲击，都被一股无形的时间力量抵消。

是什么力量呢？静止，倒退，泯灭，转移，还是操控领域……

我还没有想出来，撕心裂肺的疼痛如巨浪一波波袭来，忍不住想要昏死过去。

就在这时，世界仿佛突然静止下来，无论是连绵的爆炸声，还是汹涌的火海，一切的一切都如凝固了一般。

唯一能动的，除了我的思维，就是远处突然出现的一个卫衣少年。

他脸上微笑温暖如阳光，大概十几岁的年龄，出现在我们面前。

最后视线定格在他头顶的死亡倒计时上，而我再也支撑不住，昏死过去。

11

无穷数字汇成数据洪流，它们化作一条波澜壮阔的长河，循环往复，将我紧紧包裹着。

我伸出手掌，不知什么时候我的身体也化为了细小的数字，心中却有一种本来就应该是这样的感觉。我张开五指，看着这由数字组成的躯体随着我的心意舒展开。

远处一个模糊的人影静静地看着我，既熟悉又陌生的感觉。

我伸出手想拉住他（她）。

他（她）轻轻摇了摇头，化为无数细小的数字向我扑来……

我猛地睁开眼，从睡梦中惊醒，背上不知什么时候全是冷汗，一个个支离破碎的片段从我脑海里极速闪过。

死亡倒计时、方昊、石佩、尚不趣、连环车祸……

我痛苦地抱起头，头痛欲裂。印象中似乎还有什么极为重要的事情，但我已经遗忘了。一种莫名的难受，好像失去了什么很重要的东西。

“你现在状态很不稳定，应该是过度使用能力导致的短暂性失忆。一会我会再安排人给你注射镇静剂，你安心休息，什么也不用想。”

一个陌生的声音在耳边响起，我抬头望去，是一个卫衣少年，依稀有种似曾相识的感觉。

“你是谁？我现在在哪里？我昏过去多久了？”我忍着头疼问道，“对了，尚不趣怎么样了？”

那个卫衣少年嘴角微微翘起，看起来和邻家男孩一样阳光亲切，他说：“我叫星夜，和昊叔尚姐是一起的。你现在在昊叔旗下的一家私立医院里，这里很安全。你已经昏迷3天了，至于尚姐，她早就苏醒过来了。”

卫衣少年星夜轻声细语地解释着，但我总感觉他的目光飘忽不定，似乎在隐瞒着什么。

“3天吗？那我现在应该只剩5天的生命了。”我揉揉头，费力地想着，总感觉哪里不对，“车祸，对，还有疯狂波动的死亡倒计时，难道死亡倒计时是可以改变的吗？”

我心中一个一个疑问闪过，想要抓住一些关键信息，但思绪一团乱麻，脑袋就像被刀割一样疼痛。

我猛地抬起头：“方昊呢，他当时让我来D市找他，现在他人在哪里？”

12

星夜目光闪避了下，轻声道：“昊叔现在去忙一件很重要的事情，暂时还不能见你。”

我心中的慌乱不知为何越来越重，又想到自己现在仅剩5天的生命，气急道：“到底是什么事？我千里迢迢来到这里，莫名其妙遇到车祸就算了，现在连人都见不到，方昊到底瞒了我什么？”

话音刚落，病房的门被狠狠踢开，一个女子走了进来。

她脸色阴沉，似乎没有看到我已经醒来，怒气冲冲地对星夜说道：“那个懦夫看来不只瞒了我们一件事，现在都什么时候了他还一声不响就失踪了，他到底还想不想去了？”

是尚不趣。

最后几个字说得很仓促，我也没有听清楚，只是看她好像想到什么事情，一双眼睛又红又肿，看起来格外憔悴。

除此之外，她一头青丝白而复黑，脸上也光洁如玉，不知道是用什么方法恢复的，不过看到她没事，我心中难得地松了口气，下一刻又被她的话吊起心来。

听她说的意思是方昊失踪，那我头顶的死亡倒计时该怎么破解?

尚不趣扫了下病房，看到我的时候明显一愣，我摸摸鼻子跟她打了个招呼，她捂着脸又冲了出去。

我愣了下，不明白她为什么像是在躲着我，也不明白她为什么哭得这么伤心。

星夜轻叹一口气，对我说了一声抱歉，也跟着出去。

一时房间中只剩下我一个人。

我仰头躺在床上，胸口如同被压了一块巨石，心中千头万绪乱成一团，怔怔地看着天花板上的倒影发呆。

突然我盯着天花板上的那个倒影，一股深深的寒意涌上心头。

头顶的死亡倒计时已经走到 119：20 了，与刚刚尚不趣、星夜头顶的死亡倒计时诡异的一样。

我们三个人，都只剩不到 5 天的生命了。

13

夜晚时分，我隔着巨大的落地玻璃，俯瞰着这城市的灯火。

上午从医院醒来得知方昊失踪后，我一分一秒都待不下去了。在我的强烈要求下星夜给我办了出院手续，将我带到一处他们住的顶层公寓中。

这是一层偌大的公寓，里面空空荡荡，很多房间都紧锁房门，似乎很久没有人居住了，门边甚至还有一层浅浅的灰尘。

中途尚不趣和星夜为方昊的事情又争吵了几次，我看着那个女生眼睛又红又肿，星夜唯唯诺诺地低声跟她解释着。

闭上眼，我摇摇头，那些无处不在的死亡倒计时似乎还在我眼前闪烁。

或许它们的秘密只有方昊才知道，但他为什么会在这个时间点消失？

还有尚不趣欲言又止的话，时间选召者，死亡倒计时，相同的死亡时间……隐隐约约，这些东西似乎连成一张无形的大网，我身不由己陷入其中。

“尚姐今天上午情绪比较激动，因为昊叔突然失踪我们大家一时都接受不了，不用太担心她，让她一个人静一静或许会好一点。”一个声音在我身后响起。

我轻“嗯”了一声，有点疲惫地按着眉头：“对了，星夜，还要多谢你从车祸中救了我和尚不趣。”

星夜略带羞涩地笑了下，说：“我和尚姐以前是并肩的同伴，她有危险我自然不会不管。”

这个高中生模样的少年瞳孔清澈，认真地说道：“你是昊叔特意找来的人，以后我们也会是并肩的同伴。”

我点点头，看着他青涩的脸庞，犹豫着问道：“星夜，你能告诉我你们之前到底发生了什么吗？”

沉默。

这个脸上总是带着一丝微笑的少年，听到我说这句后神情僵硬了下来，他的眼中似乎蒙着一层阴影，想了想开口道：“这个，大概要从一年前说起了。”

我收拾起思绪，竖起耳朵，认真地听着星夜的叙述。

“当时大河流经 D 市的一大块区域断流三天，在入海口那里，一座只记载在时间序章上的神殿——宙时之殿，重现天日。”

“昊叔找到了我和尚姐，一共 12 位时间选召者一起进入宙时之殿，在里面经历了许多诡异的事情，看到了我这一辈子都不会忘记的场面。”

星夜语气缥缈，但我能感觉到他话语背后的惊心动魄，很难想象他们在那里到底经历了什么。

“我们艰难地逃了出来，此后身边的同伴一个个死于非命，无论他们身在何地，拥有怎样的时间能力，也难逃一死。到现在，只剩昊叔、尚姐和我三人了。”

我心神震荡，问道：“那个神殿中到底藏着什么？”

“一把剑。”星夜轻轻道，“一把传说中可以操控未来的拥有无穷力量的神剑——时之剑！”

14

“那……是什么？”

“追溯，命运长河之上，

随着时间诞生而来的，三大时间圣物，

那至高至上之剑，

剑刃高举，划破时间者的躯体，

以生命为祭，以时间为弦，以命运为歌，

掌控时间，逆转未来。”

星夜的脸上突然多了一丝奇异的神采，他用一种咏叹调的方式念出一段古老的诗谣，仿佛预言一样。

我心中想到方昊送我的那枚石佩，上面雕刻出一把古朴小剑，难道跟这个宙时之殿、时之剑有关吗?

想了想，还是忍着没说，我开口问道：“你们认识方昊这么久，难道也不知道他现在会去哪里吗？”

星夜嘴角露出一丝苦笑，摇头：“不知道，自从从宙时之殿出现后，昊叔整个人就变得低沉很多，尤其是当身边的同伴一个个莫名其妙死于非命，他就经常一个人躲在房间中念念叨叨。”

“我们也曾经想让他通过时间长河去弄明白到底发生了什么，但他一直都说什么时间长河一片混沌，根本看不清未来。直到十几天前，他突然兴奋地说看到了一些未来的片段。”

星夜顿了下，眼神看向我，我心知肚明，应该是方昊在时间的长河中看到了我。

只是他为什么会在这个时候失踪，难道他还有什么事情在瞒着我们，他在时间长河中到底看到了什么样的情景?

或许是为了排解心中的不安，我又跟星夜闲聊了很久，他耐心地陪我坐到了深夜，才回到自己的房间。

只是关于那座宙时之殿，关于那把时之剑，他再也不肯多说一句，似乎有什么难言之隐，我没有继续追问。

临别时，星夜欲言又止："昊叔失踪后，我们在他的房间里发现许多时间痕迹，这是他一贯的记录方式，只是我们都看不懂。如果你有空可以去看看，说不定会发现点什么。"

15

夜很深了，我躺在床上翻来覆去睡不着。

跟星夜的一番对话，不仅没有让我消除心中的疑惑，反而让我感觉到越来越多的疑问。

它们形成一个巨大的漩涡，仅仅是在旁边隐隐窥探一下，就让我有心悸的感觉。

还有方昊当初给我留下的那枚石佩，我不知道把玩了多少遍，也没有发现它到底有什么特殊之处。

辗转难眠，我想起星夜说的方昊的房间，披了件衣服下床寻去。

我很轻松地在走廊的尽头推开那间房门，里面空空荡荡，什么摆件也没有。

只是视线所及，无数道时间痕迹纵横交错，似乎是谁以时间为笔，在计算或者记录着什么。

我揉了揉额头，费力地想去分辨，却一点收获都没有。我灵机一动，拿出那枚石佩。下一刻，一股灼热的感觉从石佩中涌出，一路涌向我的双眼之中。

我忍住内心的窃喜，举目望去，似乎感官更加敏锐。我看到那一条条一道道时间痕迹都是由很细微的字符构成，给我似曾相识的感觉。

让我想起梦中那条由数字构成的长河，它们循环往复，无始无终。

这是方昊以时间为笔，写给自己的日记。

16

“死了，都死了，我们到底遇到了什么，为什么时间的长河蒙上了一层黑影，我什么也看不到，什么也做不了。”

字迹潦草，看得出书写者心境一定痛苦慌乱。

我强自镇定，接着看下去。只是后面的日记断断续续，很多关键地方都潦草带过，似乎方昊在害怕着什么，畏惧着什么。

“命运石佩、宙时之殿、时之剑……一切的起源与终结。”

“我隐隐约约感到了一个无比黑暗的未来，似乎从那里出来之后，未来的长河已经开始崩溃，一片混沌。”

最后的最后，日记清晰地定格在最后一句。

“时间的长河将在不久之后定格，未来，没有了。”

我脑中“嗡”的一下，心中惊疑不定。

之前我明明看到大部分人头顶的死亡倒计时，还有几十万小时的读数，如果说世界将会在不久之后毁灭，那么为什么我看到的死亡倒计时没有任何异常？

可我所接触到的时间选召者，除了方昊头顶没有死亡倒计时，无论是尚不趣还是星夜，我们头顶的倒计时全都一模一样，危险到底来自哪里？

就在这时，右下角一段崭新的时间痕迹不知何时浮现而出。

“我终于看到了一段未来的片段，或许太迟了，但如果未来可以被改变，那关键一定在于……”

这段话似乎是方昊失踪前匆匆加上，只是最后几个关键字模糊不清，不知道方昊到底想说什么。

我揉了揉眼睛，想尽力去推测最后几个字到底是什么，这时一声轻微的推门声响起。

我转头望去，是尚不趣。

她抬起头看到我，眼中没有惊讶，似乎早就知道我会在这里。

我摸了摸鼻子，跟她打了个招呼，她勉强笑了下说：“星夜把一切都跟你说了吗？”

我轻“嗯”了一声，她头顶的死亡倒计时虽然没变，但感到她的心变老了很多，这个大大咧咧的女生脸色憔悴，嘴唇动了动，欲言又止。

“其实本来接机的时候，我以为随着你的到来，一切都会明明白白，却没想到方昊会在这个时候失踪。”尚不趣轻轻说，“这一年来我们经历了很多事，现在还把你牵扯进来，感觉蛮对不起你的。”

她一脸歉意地看着我，眼眸深处有一股真诚的担忧。

我没有多想她为什么会和我说这些。心中想着方昊最后留下的那句没头没尾的话，又联想到尚不趣的时间异能。

我说：“尚不趣，你可以用你的时间能力让这个房间的时间倒流到之前吗？”

我三言两语告诉她之前自己在这个房间看到的景象，尤其是最后看到的那段话，似乎是方昊在给我留下什么暗示，只是不知为什么最后几个字被抹去了。

尚不趣眼前一亮，她手指轻点几下，房间中的时间流速在这一刻变得不同。

视线投向最后一段话的后面，几个模糊的字样缓缓浮现出来。

“博物馆？”

17

越野车在路上急驰，好像时刻有一柄达摩克利斯之剑悬挂在我的头顶，头顶的死亡倒计时已经走到了 89：23。

在发现方昊留下的地址后，我和尚不趣就拉上睡得一脸蒙的星夜，一路横冲直撞往博物馆驶去。

“博物馆里面藏有大量文物资料，其中有专门关于历年大河断流的记载，可能昊叔从里面发现了宙时之殿的痕迹吧。”星夜睡眼蒙眬，打着哈欠说。可能是最近太过疲惫了，刚才喊他起来的时候我敲了半天门，就差没破门而入了。

只是不知道方昊在房间中留下这个地名到底有什么寓意，难道只是去寻找宙时之殿的来历吗？那一切的起源与终结到底意味着什么？

不过这一切的谜底，或许会在今天揭晓。

时间一分一秒地过去，终于我们看到了博物馆那高大的建筑顶尖。随之看到的，还有许多消防车辆与直冲霄汉的黑烟。

那些黑烟在高空上方弥漫，形成一个巨大的黑影，似乎在朝我们无声地冷笑。

“时间，静止！”

一股无形的波动以星夜为中心扩散开来，世界再次静止。

我们抓住这个机会疯狂地冲进去，穿过一个又一个走廊、展厅，最后，在一个偏僻的角落找到了那处有有关大河断流的资料馆。

这里已经是一片灰烬，大火将所有的一切都焚烧殆尽，只能看到杂乱的时间能力痕迹密布其中。

地上还有一片中山装的碎片。

尚不趣怔怔地拿着那块衣服的碎片，喃喃道："不可能，怎么会这样？方昊他不是已经与时间长河融为一体了，怎么可能？"

星夜眼中也露出一丝担忧，他看出我的不解，低声说："昊叔身陷时间维度，他的衣物绝对不可能单独出现，除非……"

我看到星夜犹豫着没有再往下说，心中已经明白，无论我相信不相信，方昊，这个神秘的男子，现在已经凶多吉少了。

只是我实在想不通，我也不愿意去相信，这个世界上还有什么人或事物，能够杀死位于时间维度中的他。

难道他们当初从宙时之殿出来的时候，真的释放出什么未知的大凶了吗？

18

星夜看了眼失魂落魄的尚不趣，苦笑着摇摇头，低声对我说："阳凡大哥，我的能力只能让时间静止一段时间，这里很快就会有人过来，我们最好抓紧时间。"他用眼瞄了下尚不趣，欲言又止。

我轻"嗯"一声，方昊现在凶多吉少，死亡倒计时快要走到尽头，现在能解救我们的只有自己了。

我看着眼前那个垂着头、小女生一样柔弱的尚不趣，心中不知从哪里突然涌出一股勇气。

我上前揽着她的肩膀沉声说：“尚不趣，时间不多了，我们再进一次宙时之殿吧。或许在那里，可以弄明白一切。”

尚不趣抬起头，我看见她眼中含泪，她说：“会死的，我们都会死的。”

她脸上带着凄美的笑：“阳凡，你可以看到每个人头顶的死亡倒计时，那你能看到我，看到星夜头顶的死亡数字走到哪一步了吗？”

我心中一沉，嘴上勉强笑道：“没事的，相信我好吗？死亡倒计时并不是不能改变，不到最后一刻谁能说未来被注定？”

尚不趣眼中闪过一丝恍惚，她说：“阳凡，你听过时间序章吗？”

“那是什么？”

“那至高无上之剑，剑刃高举，划破时间者的躯体。”

“时之剑注定是不祥之物，我虽然没有见到那个禁忌之物，但从宙时之殿出来后短短一年的时间，我曾经并肩的同伴，一个个死在我面前，但我什么也做不了。”她说到这里，身子轻轻颤抖了下，“其实，我也应该在那场车祸中死掉，要不是你和星夜，可能我现在就去见他们了吧。”

我心中一阵心疼，说：“尚不趣，你甘心他们就这么死得不明不白吗？你就不想知道到底发生了什么吗？”我看着尚不趣，一字一句道，“答应我，无论怎样都要坚持下去，就当为了曾经的那些同伴，好吗？”

她怔怔地看着我，良久之后说：“好。”

19

天空不知何时下起雨来，大河之上波涛汹涌。我站在一艘游轮的前头，抬头看着天上阴沉的云层，身后是尚不趣和星夜，大家都沉默着没有说话，有一种风雨欲来的感觉弥漫在每个人的心头。

“宙时之殿存在于时间的缝隙之中，只有趁着大河每年一次的潮汐变化，我们才可以混进去。”星夜望着远方昏沉的天际，口中喃喃道，“接下来，就祝我们好运了。”

此时，远方入海口，已经呼啸起巨大的风浪，卷起亿万吨海水拍打咆哮，看那趋势，一场海上风暴正在成形，并向我们袭来。

风暴眼深处，隐隐传来一股莫名的律动，让我身心为之震荡。

我扭头看向尚不趣和星夜，他们冲我点点头，我们手拉着手，任由那道巨大风暴将我们三个人全部卷在一起，冲向未知的未来。

就是不知道，到底有什么在等着我们。

时间仿佛过去一瞬，又好像过了一个世纪。

耳边的风暴声、巨浪声，全部消声匿迹，顺着心中那股莫名的悸动，我们仿佛进入到一个无声的世界。

我睁开眼，发现自己已经立在一处平静的海域之上。

是的，站在海面上。

我忍住心中的惊讶，抬起脚，看着一圈圈涟漪顺着我的脚尖扩散开来，远处的海面平静得如同一面镜子，倒映出我、尚不趣和星夜三人的倒影，还有……

一座巨大的宫殿。

它默默地伫立在远处的海域之上，表面光滑如玉，仿佛玻璃水晶铸造而成。看起来影影绰绰，似乎立于另一个维度。

宙时之殿！

我深深地看了一眼这座瑰丽的地宫，来之前已经了解了不少关于这座时间圣殿的事情，只是亲身看到这种恍若神话的场景，心中还是为这种神迹深深惊叹。

我们手拉着手，踏着海面，一步一涟漪，来到这座时间圣殿面前。

下一刻，这座神秘的宙时之殿，传说中隐藏着时之剑的神话之地，向我们揭开了神秘的面纱。

七彩光芒从它周身陡然绽放，我们顺着光芒走进去。

20

不知道走了多久，眼前突然一亮，这是一座广阔的大殿，空空荡荡，中央有十二面巨大的镜子巍然而立。

回头望去，已经看不到来路了。

“宙时之殿中时空错乱，每次进来遇到的情景都不会相同，我们上次进来是直接进到了一条长廊，两旁并列着 24 尊雕像，当时还花费了不少功夫才从它们手中逃出来呢。”星夜一脸微笑，在旁边解释道。

这个时候还能笑出来的大概也只有这个卫衣少年了。

我和尚不趣对望一眼，又各自偏过头观察着这处大殿的模样。

大殿的四周刻着烦琐的花纹，摸上去有种冰凉的触感，隐隐有水波流动，变化万端，让我想起了方昊送我的那枚神秘石佩。

“这里全部都看了一遍，除了这 12 面镜子，什么也没有。”尚不趣观察了一圈，说，“要不我看看这些镜子有什么不同吧。”

我心中一跳，还没来得及阻止她，下一刻，尚不趣的手已经伸向其中一面镜子。

只看到那面镜子的表面如水波一般荡起涟漪，很快，涟漪迅速漫延开来，一道道肉眼可见的波纹在空气中传递绵延，身边的一切事物变得恍惚，仿佛上下颠倒，时空不分。

不知过了多久，眼前的景象终于平静下来，我们才发现，自己不知道什么时候已经来到了另一处狭小的空间。

这里同样空空荡荡，只是尽头处摆放着一座水晶棺。

“这是……”

我们对视一眼，同时上前。

只见那里面躺着一个人，他的眉目间说不清的熟悉让人诡异。

一股深深的寒意从骨子里渗透出来，我竟然在水晶棺中看到了我自己！

21

我艰难地抬起头，尚不趣和星夜也抬头望向我，每个人的表情都是说不出的惊慌、迷茫和恐惧。

尚不趣颤声说：“你们看到里面是什么？我……我看到了我自己躺在里面！”

我和星夜相互苦笑一声，异口同声道：“我也看到自己躺在里面。”

真让人毛骨悚然。

良久的沉默，我勉强开口道：“这个地方除了这座水晶棺别的就什么也没有了，我们不如再尝试通过那面镜子回到之前的大殿中吧。”

一扭头，那面镜子表面从中心旋转不止，似乎变成了一个可怕的怪兽。我们硬着头皮伸手摸去，就像是穿过了什么屏障，很轻松地穿了过去。

又回到了一开始的大殿。

然后我们回头，看到了之前那面镜子的表面突兀地布满鲜血，血迹斑斑，说不出的骇人！

我咬牙伸手又触向另一面镜子，镜面如水波般荡开来。

同样的时空颠倒，同样的狭小空间，同样的水晶棺。

棺中，我们还是看到了各自的面孔。

第 3 面……

第 4 面……

……

第 7 面……

我们疯狂地闯进一面面镜子，看到了一座座水晶棺，看到了里面躺着的自己。

大殿中央的 12 面镜子，其中 7 面已经被鲜血沾满。

我们的身上不知什么时候已经被冷汗淋湿，看着那 12 面巨大的镜子立在眼前，说不出的诡异。

镜子里映照着我们每个人的脸，惊恐莫名。

那么，第 8 面吧。

我甩甩头，想把心中那抹阴影驱赶掉，回头看了眼尚不趣，我深吸一口气又触摸到第 8 面镜子。

这一次，眼前的景象截然不同。

22

迎面有三个人向我们走来。脚步悄无声息，似乎他们并不是活人一般。

但我能清楚地看到他们脸上的每一个毛孔，看到他们脸上的神情：惊慌、迷茫、怀疑和恐惧。

我看到了尚不趣，星夜，还有我自己，向我走来。

是镜像吗？

尚不趣在我身后轻轻拉了拉我的衣袖，我扭头看到了她脸上怪异的神情，就跟镜像中的她一样。

我倒吸了口冷气，轻轻攥紧拳头。

我们看着镜像中的我们越走越近，他们似乎完全没有看到我们，只是不断地左顾右盼，似乎在尝试寻找着什么。

我看见他们不断地奔跑，但无论他们朝着我们跑多久，永远都是在原地，没有前进一步。

他们的脸上逐渐浮现出绝望的神情，到最后一点点变得麻木。

隐约间，一个可怕的念头在我心中浮现扎根。

可就在这时，我胆战心惊地看到，在他们背后，一个模糊的黑影浮现出来。

看不出那个黑影是男是女，只有一个大体的人形。黑影紧紧地跟在他们身后，但是他们毫无察觉。

“那是什么？难道在我们的身后也跟着这样一个黑影吗？”

我的心突突地仿佛要跳出来，宙时之殿里难道还有什么我们没发现的诡异大凶吗？

最后，我看见他们就这样消散在我的眼前，连同那个黑影，仿佛海市蜃楼，梦里空花。

轻微的碎裂声在大殿中显得格外清晰。

第 8 面镜子在我们离开之后突然支离破碎。

“或许，我们以前已经来过这里。”星夜开口打破了平静，“每面镜子都有着不同的寓意，前面 7 块镜子代表着过去，我们看到的水晶棺中的自己，是过去的自己。而第 8 面镜子……”

星夜没有再继续说下去，但我们心中都隐隐猜到一点毛骨悚然的真相。

7 面镜子，7 个轮回。

我们曾经来到宙时之殿，以自己的生命为代价探寻这 12 面镜子，所以在镜子背后的世界中，看到了水晶棺里的自己。

可能是因为尚不趣时间倒流的能力，我们又重新来过，也有可能是因为宙时之殿中隐藏着时间圣物时之剑，这里的时空错乱，所以在第 8 面镜子中映照出我们的曾经。

还有一个疑问谁都没有说出来。

那就是那个一直跟在我们身后的神秘黑影，到底是什么？

沉默中，尚不趣抬起头，眼神中透着一股倔强，她伸手触摸了第 9 面镜子。

下一刻，眼前世界恍然改变，我仿佛立于一个奇异的维度。

胸前那枚方昊送我的神秘石佩，滚烫灼人。

23

我回头，尚不趣和星夜不知去了哪里，只有我一个人孤零零地站在一片虚空之上。

“你终于来了。”一个熟悉的声音从身后响起，我回头望去，是方昊。

我瞳孔一缩，他不是已经死了吗？怎么现在……

他还是一身中山装，纯白的双眸似乎看向了时光的长河，深邃而怅然。

心中短暂的震惊之后，反而平静下来。我看着这个谜一般的男子，用一种前所未有的冷静语调，说：“你也在这里。”

方昊看着我，他说：“我已经跟着你们很久了。”

我的身上不知为什么突然涌起一股寒流，我说：“我有几个问题想问你，可以回答我吗？”

方昊点头。

“第 8 面镜子中的黑影，就是你吗？”

“是。”

我沉默着拿出那块珍藏已久的石佩：“这块石佩到底是什么来历？”

方昊眼神飘远：“这块命运石佩就是打开时之剑最后一道门的钥匙。”

“为什么会把这么重要的东西交给我？”

“因为我在未来的片段中看到了你，并且命运石佩只有在你的手中才能发挥它真正的力量。”方昊双眸中突然闪过一丝奇异的神采，他接着说，“难道你没有发现，你所拥有的能力很特殊吗？”

“所有的时间选召者，能力大多以静止、泯灭、转移、操控领域为主。”方昊目光深远，缓缓道，“尚不趣的时间倒退，已经算是万中无一了。而死亡倒计时这种能力，我之前透过时间长河，却从未听过，见过。”

他看着我，语气中带着一丝复杂和难解：“我看穿了时间长河，却唯独看不透你。”

我心中如同有惊涛骇浪，死亡倒计时这种鸡肋能力竟然如此特殊，可是我现在除了预知死期，也不知道它还有什么用。

定了下神，我深吸了口气，说：“你当时看到的时间片段到底是什么？”

方昊突然轻笑了下，神情寂寥，他说：“你想看到未来吗？”

然后他看着我，伸出了右手。

我犹豫了下，将手放在他掌心中，很温暖、很厚实的触感。

下一刻，眼前世界恍然改变，耳边传来无数道声音，有男有女，忽远忽近，喧杂到听不清他们在说什么。

与此同时，眼前的世界犹如被按了快进键，一幅幅场景画面如幻灯片般急速在我眼前闪过。

画面跳动的频率太快，无数场景和人影在我眼前一闪而过，到最后眼前只有雪花屏一样的杂点，看不清确切的画面。

只听到耳边传来无数人呜咽啜泣的声音与间歇的海浪声，隐隐约约听到一个熟悉的声音：“为什么是你？”

最后的最后，所有画面定格在一片黑暗中，耳中喧杂的声音也归于死寂。

脑海中，有什么封印轰然打开。

我睁开眼，已经泪流满面。

但我还要收拾好情绪，走出去。我要去见一个人，去完成一件事情。

方昊看着我，他的脸上浮现出一丝疲倦，冲我挥了挥手，说："去吧，我会跟你一起去面对，别怕。"

然后我点头，转身，走出了这面镜子。

24

还是那个大殿。

尚不趣和星夜已经在外面等我了。

看见我出来，尚不趣激动地上前抓着我的肩膀说："阳凡，你刚才去哪里了？为什么我们都找不到你？"

她的胸脯剧烈起伏，眼眶微微红肿，估计是发现了自己的失态，她抽回了自己的手，低下头不说话。

我轻轻拍了下她的肩膀，感到她的身躯颤抖了一下，然后看向星夜，"你们刚才进第 9 面镜子，遇到了什么？"

星夜说："我们只看到白茫茫一片，回过身却找不到你。后来白雾散去，才从镜子中出来。"他看着我，乖巧地说，"阳凡大哥，你刚刚去了哪里？我们都很担心你。"

我嘴角牵出一抹微笑："我也看到了很多白雾，笼罩着我，脱不了身。"

星夜轻"嗯"一声，脸上的笑意如水波一样漾开："我们该进第 10 面镜子了。"

我回过头，第 9 面镜子上，不知什么时候布满烦琐的花纹，像极了命运石佩上的纹样。

我说："好。"

然后率先向第 10 面镜子走去。

一步踏出，时空颠倒。

这是一个殿堂。

面前，一面广阔的光幕挡住了去路。光幕上，无数流光纷至闪过。它们组合成各种图案、花纹，烦琐又极简，似乎在诉说一段悠远的历史。

它们是由无数微小的数字构成，就像梦中那个由数字构成的长河或者更遥远的记忆那般熟悉。

我回头看了一眼星夜和尚不趣，在他们的目光中，上前将双手抵在光幕上，闭上双眼，感受着命运石佩的力量，感受着蜂拥进我的脑海里的无数信息。

死亡倒计时，我终于明白了你的秘密，只是心中，这么愁。

25

万事万物都有起始终灭，一切都逃不开死亡。

既然死亡倒计时可以存在活人头顶，那为什么不能预示死物的死期?

我慢慢感受着，把握着那一股波动。无穷数字在我脑海中疯狂地组合、拆分、抵消，化为虚无。

就像那些狠毒的野心，肮脏的欲望，沾满血的贪婪，总要归于尘土，如果没人去管，我愿意做一个它们的掘墓人。

随着我的念头，下一刻光幕化作无穷数字，消散在空气中。

胸前的命运石佩一凉，我知道我付出的代价是什么，但我很好地把它掩饰下去。

抬头望去，一条三丈宽的水晶长道铺满视线。尽头，一座由水晶打造的高台之上，斜插着一把古朴长剑。

时之剑。

传说中，可以操控时间未来无穷力量的神剑。

我微笑着，看着那把剑安静地插在那里，仿佛亘古如一。但是我没有动，我也动不了了。

我看着星夜走了过去，走到那座高台之上，手掌轻握，一道道流光从他手中涌进时之剑中，那把时间圣物被他一寸寸拔起。

随着他的举动，这处殿堂开始轰轰作响，似乎随着时之剑的移动，整座宙时之殿开始崩塌。

可我还是在笑。

星夜眉头轻皱，放缓了手中的举动。他看向我，“你不好奇吗？”星夜眼中闪过一丝异光，慢条斯理地说。

与此同时，我周身一松，又恢复了行动力。我揉了揉肩膀，看着这个卫衣少年，说：“为什么是你？”

星夜含笑道：“为什么不能是我？”

他的脸上依旧带着阳光一般的微笑：“你的记忆已经恢复了吗？”

我点点头，看着这个卫衣少年，看着他头顶那恐怖的百万级的倒计时。

“车祸后醒来，我丢失了一段记忆，当时你说是因为我使用时间能力所导致的后遗症，我却没有想到……”

星夜眸光闪动，轻声道：“不错。”

他突然恶作剧般一笑，悠悠道：“你难道不想知道，我为什么会这么做吗？”

我轻叹口气：“我很好奇。”

星夜嘴角微扬，他看了一眼一旁已经泪流满面的尚不趣：“一年前方昊找到了连我在内的一共11个时间选召者，探索这座宙时之殿。我们经历了很多光怪陆离的事情，最后止步在同样的光幕之前。我本来以为得不到这把时之剑。”

“为什么要杀害当初一起并肩的同伴？你知不知道我们一直都是把你当作弟弟来对待的，你怎么下得了手？”尚不趣不知什么时候也恢复了行动力，她看着星夜，杜鹃泣血般，一字一句道。

我感觉到她的身躯在微微颤抖，可想而知星夜的背叛对尚不趣的打击有多大。

我轻轻揽过尚不趣的肩膀，说：“所以你因为某种原因，将那9个时间选召者一个个杀掉，直到尚不趣，直到那场车祸，我看到了你头顶真实的死亡倒计时。所以你用某种方法封印了我那段记忆，并且影响我所看到的死亡倒计时，让我看不到你头顶真实的死亡倒计时。”

星夜不置可否，他扫了眼尚不趣，眸光随即又看向我：“我确实没想到，你竟然拥有这种传说中的时间异能。只是当时你的能力还没有完全觉醒，并且还要借助你的能力打开时之剑的封印，所以我放过尚不趣。”他突然轻笑了下，调侃道，“你知道我为什么会跟你废话这么多吗？”

“因为我终于控制住了时之剑。”

我心中一惊，下意识拉着尚不趣倒退。下一刻，星夜悍然拔出时之剑！

26

一道道恐怖的裂痕从水晶高台上疯狂地蔓延开来，伴随着巨大的崩塌声，似乎还有海水倒灌声，仿佛末日来临。

星夜手握时之剑，一股玄妙的时间力量环绕在他的周身，将他映衬得仿佛高高在上的神祇。

他的眼神中露出一股迷醉："看啊，这就是时间圣物时之剑的真正力量！它可以将我们时间选召者的能力千百倍地增强，赋予我们神一般的能力！"

"旧世界的秩序早应该被终结，新的世界将由一位神来开启！而我，将会成为唯一的神。"

"结束吧。"星夜含笑向我们走来。

但是下一刻，一道浩浩荡荡的长河从他后方将他狠狠席卷进去，星夜猝不及防下，只来得及发出一声不甘的怒吼。

"铿！"

一声清脆的坠地声，时之剑从星夜手中脱落，斜插在旁。

接着，星夜的身体重重坠在地上，他的身子已经扭曲得不成人形。

长河化成一个人形，正是方昊。

他的脸上带着一丝病态的苍白，扫了眼星夜，眼中带着一丝很复杂的感情。又转身看向我们，轻声道："你们没事吧。"

我疲倦地摇摇头，看了眼怀中的尚不趣，这个女生刚刚经历这场变故，啜泣着将头深深埋进我的怀里。

方昊带着歉意道："对不起，瞒了你们这么久，不过没关系，我还有很长的时间，去跟你们解释这一切……"

我点点头，但下一刻瞳孔一缩，远处星夜扭曲的“尸体”仿佛水银一般，又缓缓凝聚成人形。

他舒展了下身子，目光炯炯：“方昊，你果然没死。”

方昊仿佛早就预知到这一刻，他嘴角露出一丝苦笑：“我费尽心思营造出假死的迹象，没想到最后还是低估了你。”

“你的能力不是时间静止这么简单。”

星夜脸上的笑容越发灿烂：“你们是不是很好奇我为什么会对那些时间选召者动手？因为我的能力从来都不是时间静止！”

“而是，时间吞噬！”

27

随着星夜的话音落下，他的身边缓缓浮出几道奇异的光芒，这些光芒幻化成各种兵器模样，刀、剑、矛……

与此同时，一股奇异的波动以星夜为中心向我们传来。

“拥有吞噬能力的我，可以吞噬一切时间选召者的能力化为己用。”星夜双眸如海如狱，悠悠道。

十几种不同的时间能力冲天而起，在他身后隐隐化成一尊数十丈高的时间神像，三头六臂，分别手握不同的时间兵器。

方昊眼中闪过一丝决断，隐约间，一条浩大磅礴的河流从虚空中出现，环绕在他的周身。

时间长河！

河水席卷，将我和尚不趣卷入其中。

“身处时间维度，我确实无法攻击你们，一切时间手段都对你们无效。但是方昊，你又能坚持多久呢？”星夜看着方昊，脸上闪过一丝残忍的微笑，“将外人强行拉进时间长河，对你身体的负荷有多大？让我来猜猜，你还有多久会量子化？一个小时，还是十分钟？”

方昊没有回应，他背着身子对着我，声音平静地说道：“对不起，阳凡。我没想到还是要走到这一步，当我看到未来的时候一切都太晚了，我只能这样做。”

他说：“阳凡，你准备好使用你的能力了吗？”

我看着这个男子，眼神恍惚了下，仿佛又看到第一次见面时，他微笑着向我走来的模样。

我说：“我准备好了。”

星夜脸色一变，他浑身绽放出耀眼的光芒，我知道他的下一击一定会石破天惊。

我哈哈大笑，眼角忍不住滑下泪水。

与此同时，方昊浑身肌肤不知何时变成那种极其诡异的、纯粹的透明色。他最后回头朝我笑了下，说：“阳凡，拜托你了。”

然后化作浩浩荡荡的时间长河，冲进我的身体中。

我感受到方昊的生命痕迹从这个世界渐渐消失，也感受到身体的每个细胞都传来撕心裂肺的疼痛，让我下一刻就忍不住要昏厥过去。

但我心里还怀着恨，我不能倒下。

所以我睁开眼，无穷数字从我瞳孔中闪过，又一次看到了那个神秘的数字世界。

我看到了星夜头顶，那百万级的倒计时，还在不断剧烈波动增加。借助方昊的力量，以他的生命为代价，或者再加上……我终于可以完整地使用一次我的能力。

我伸出手，仿佛穿越了时间与空间的距离，轻轻触摸到那虚幻的死亡倒计时。改成多少呢，改为零吧，我心里想着。

下一刻，那百万级的死亡数字在一瞬间崩溃，星夜的瞳孔中似乎还有一丝惶恐，然后他的身体化作无穷碎片，消散在空中。

“结束了吗？”我心中想着，我挣扎着想扭头看下那个人，但余光只能看到我的身体化为无穷数字，一点点消散。

恍惚中，视线仿佛穿越时空，我看到最后两面镜子散发出七彩的光芒，照耀整个宙时之殿。

我看到一个女子含着泪举起那把时之剑，剑刃高举，刺入自己的躯体。

这个场景，很熟悉，也很陌生，似乎很久很久之前就见过了。

一个声音在宙时之殿中，在时间长河上回荡：“以生命为祭，以时间为弦，以命运为歌……”

“时间……倒流。”

28

我睁开眼，一切普通得像无数个曾经的日子一样。

室友嘻嘻哈哈地跟我打了个招呼：“嗨，阳凡，你小子可真能睡啊，这都什么时候了，做春梦了吧？”

我挠了挠头，笑骂道：“去你的。”

似乎，真是做了一个很长的梦，只是梦中的一切都忘记了。

摇摇头，我准备去操场上散散心。看着身边穿梭而过的人们，他们有的在跑步，有的在玩闹，不远处还有一群人在打篮球。

一切都是那么充满生机与活力，只是似乎缺少了点什么。

就在这时，眼前突兀地出现一位男子。

他穿着一身中山装，眼中带着温润的笑意。

那群打篮球的人，一个投球失败，篮球在地上弹跳了几下，向他砸来。

他轻松地接住篮球，转手抛给那群打篮球的人，大家哄笑着散开。

阳光很好。

我揉了揉眼，看着他微笑着向我走来。

（正文完）

时间圣物

TREASURE TIMES

番外篇

时间的长风拂过德尔菲神庙，克里特文明被厚重的历史尘埃掩埋。那对神鹰停止了盘旋，落在石柱上化为雕塑。

一位全身笼罩在黑袍中的人轻轻合上手中的羊皮书，低下头。

脚下，一座百丈高的火山正从沉睡中苏醒，滚滚黑烟冲天而起，夹杂着暗红的岩浆，向世界宣泄着它的怒火。

天地间不知什么时候刮起大风，他凌空而立，黑袍在狂风中猎猎作响。

一股奇异的时间力量围绕在他的身边，那卷羊皮古书平摊在空中，一张张书页在风中翻动。

黑袍下，他的面孔深深隐藏在黑暗中，只能隐约看到上扬的嘴角。

“维苏威，神话中终结万物的火山，我终于找到了你。以死亡古书为引，是否能打开那座时间长河中的神庙？”

“克洛诺斯之怒呵，尘封了千年的时间圣物，你的荣光，我是很想得到呢。”

他缓缓举起双手，在这百丈高空之上，在这暴虐的火山口之上，轻轻呢喃着。

一道轻轻的声音，好像从很遥远的地方传来，很快化为阵阵滚雷，响彻天地，让这漫天熔浆为之色变。

“无限！”

MIRROR SIEGE CITY
镜面围城

作者
不再说

总策划
朱家君

选题策划
熊嵩

执行策划
张益彬

特约编辑
陈思

封面设计
李雅静

设计总监
李婕

宣传营销
蒋惊

运营发行
常蓦尘

出版社
长江出版社

总出品
漫娱文化

平台支持
脑洞W　热梗 STORY　烧脑X

图书在版编目（CIP）数据

镜面围城 / 不再说 著 .

—武汉：长江出版社，2018.1

ISBN 978-7-5492-5631-0

Ⅰ．①镜… Ⅱ．①不… Ⅲ．①科学幻想小说 - 中国 - 当代 Ⅳ．① I247.5

中国版本图书馆 CIP 数据核字（2018）第 019664 号

镜面围城 / 不再说 著

出　　版	长江出版社 （武汉市解放大道 1863 号　邮政编码：430010）
出　　品	漫娱文化 （湖北省武汉市积玉桥万达写字楼 11 号楼 19 层　邮政编码：430060）
出 版 人	赵　冕
选题策划	漫娱文化图书
市场发行	长江出版社发行部
网　　址	http://www.cjpress.com.cn
责任编辑	陈　辉
特约编辑	陈　思
装帧设计	李雅静 刘诗怡
印　　刷	湖北新华印务有限公司
版　　次	2018 年 1 月第 1 版
印　　次	2018 年 1 月第 1 次印刷
开　　本	787mm × 1092mm　1 / 32
印　　张	7.5
字　　数	160 千字
书　　号	ISBN 978-7-5492-5631-0
定　　价	30.00 元

电话：027-82926557(总编室) 027-82926806（市场营销部）